我想把生活中美好的东西、真实的东西，人的美、人的诗意告诉别人，使人们的心得到滋润，从而提高对生活的信念。

人生有趣

汪曾祺 著

天津出版传媒集团
天津人民出版社

图书在版编目（CIP）数据

人生有趣 / 汪曾祺著. -- 天津 : 天津人民出版社，2017.12（2023.3 重印）
ISBN 978-7-201-12522-0

Ⅰ. ①人… Ⅱ. ①汪… Ⅲ. ①散文集－中国－当代②小说集－中国－当代 Ⅳ. ① I217.2

中国版本图书馆 CIP 数据核字（2017）第 277941 号

人生有趣
RENSHENG YOUQU
汪曾祺 著

出　　版　天津人民出版社
出 版 人　刘　庆
出　　址　天津市和平区西康路 35 号康岳大厦
邮政编码　300051
邮购电话　（022）23332469
电子邮箱　reader@tjrmcbs.com

责任编辑　王昊静
策划编辑　村　上
装帧设计　龙　梅

印　　刷　天宇万达印刷有限公司
经　　销　新华书店
开　　本　880 毫米 ×1230 毫米　1/32
印　　张　7
字　　数　150 千字
版次印次　2017 年 12 月第 1 版　2023 年 3 月第 6 次印刷
定　　价　49.80 元

目录

辑一 生活是很好玩儿的

辑二

人总要爱着点什么

辑三 人间有戏

辑四 这些人真有趣

辑一 生活是很好玩儿的

01 七里茶坊

我在七里茶坊住过几天。

我很喜欢七里茶坊这个地名。这地方在张家口东南七里。当初想必是有一些茶坊的。中国的许多计里的地名，大都是行路人给取的。如三里河、二里沟、三十里铺。七里茶坊大概也是这样。远来的行人到了这里，说："快到了，还有七里，到茶坊里喝一口再走。"送客上路的，到了这里，客人就说："已经送出七里了，请回吧！"主客到茶坊又喝了一壶茶，说了些话，出门一揖，就此分别了。七里茶坊一定萦系过很多人的感情。不过现在却并无一家茶坊。我去找了找，连遗址也无人知道。"茶坊"是古语，在《清明上河图》《东京梦华录》《水浒传》里还能见到。现在一般都叫"茶馆"了。可见，这地名的由来已久。

这是一个中国北方的普通的市镇。有一个供销社，货架上空空的，只有几包火柴、一堆柿饼。两只乌金釉的酒坛子擦得很亮，放在旁边的酒提子却是干的。柜台上放着一盆麦麸子做的大酱。有一个理发店，两张椅子，没有理发的，理发员坐着打瞌睡。一个邮局。一个新华书店，只有几套毛选和一些小册子。路口矗着一面黑板，写着鼓动冬季积肥的快板，文后署名"文化馆宣"，说明这里还有个文化馆。前两天下过一场小雨，雨点在黑板上抽打出一条一条斜道。路很宽，是土路。两旁的住户人家，也都是土墙土顶（这地方风雪大，房顶多是平的）。连路边的树也都带着黄土的颜色。这个长城以外的土色的冬天的市镇，使人产生悲凉的感觉。

除了店铺人家，这里有几家车马大店。我就住在一家车马大店里。

我头一回住这种车马大店。这种店是一看就看出来的，街门都特别宽大，成天敞开着，为的好进出车马。进门是一个很宽大的空院子。院里停着几辆大车，车辕向上，斜立着，像几尊高射炮。靠院墙是一个长长的马槽，几匹马面墙拴在槽头吃料，不停地甩着尾巴。院里照例喂着十多只鸡。因为地上有撒落的黑豆、高粱，草里有稗子，这些母鸡都长得极肥大。有两间房，是住人的。都是大炕。想住单间，可没有。谁又会上车马大店里来住一个单间呢？“碗大炕热”，就成了这类大店招徕顾客的口碑。

我是怎么住到这种大店里来的呢？

我在一个农业科学研究所下放劳动，已经两年了。有一天生产队长找我，说要派几个人到张家口去淘公共厕所，叫我领着他们去。为什么找到我头上呢？说是以前去了两拨人，都闹了意见回来了。我是个下放干部，在工人中还有一点威信，可以管得住他们，云云。究竟为什么，我一直也不太明白。但是我欣然接受了这个任务。

我打好行李，挎包里除了洗漱用具，带了一支大号的3B烟斗、一袋掺了一半榆树叶的烟草、两本四部丛刊本《分门集注杜工部诗》，坐上单套马车，就出发了。

我带去的三个人，一个老刘、一个小王，还有一个老乔，连我四个。

我拿了介绍信去找市公共卫生局的一位“负责同志”。他住在一个粪场子里。一进门，就闻到一股奇特的酸味。我交了介绍信，这位同志问我：“你带来的人，咋样？”

“咋样？”

“他们，啊，啊，啊……”

他“啊”了半天，还是找不到合适的词句。这位负责同志大概不大认识字。他的意思我其实很明白，他是问他们政治上可靠不可靠。他怕万一我带来的人会在公共厕所的粪池子里放一颗定时炸弹。虽然他也知道这种可能性极小，但还是问一问好。可是他词不达意，说不出这种报纸语言。最后还是用一句不很切题的老百姓话说：“他们的人性咋样？”

“人性挺好！”

“那好。”

他很放心了，把介绍信夹到一个卷宗里，给我指定了桥东区的几个公厕。事情办完，他送我出“办公室”，顺便带我参观了一下这座粪场。一边堆着好几垛晒好的粪干，平地上还晒着许多薄饼一样的粪片。

“这都是好粪，不掺假。”

“粪还掺假？”

“掺！”

“掺什么？土？”

“哪能掺土！”

“掺什么？”

“酱渣子。”

“酱渣子？”

“酱渣子，味道、颜色跟大粪一个样，也是酸的。”

“粪是酸的？”

“发了酵。”

我于是猛吸了一口气，品味着货真价实、毫不掺假的粪干的独特的，不能代替的，余韵悠长的酸味。

据老乔告诉我，这位负责同志原来包淘公私粪便，手下用了很多人，是一个小财主。后来成了卫生局的工作人员，成了“公家人”，管理公厕。他现在经营的两个粪场，还是很来钱。这人紫糖脸，阔嘴岔，方下巴，眼睛很亮，虽然没有文化，但是看起来很精干。他虽不大长于说“字儿话”，但是当初在指挥粪工、洽谈生意时，所用语言一定是很

清楚畅达，很有力量的。

淘公共厕所，实际上不是淘，而是凿。天这么冷，粪池里的粪都冻得实实的，得用冰镩凿开，破成一二尺见方大小不等的冰块，用铁锹起出来，装在单套车上，运到七里茶坊，堆积在街外的空场上。池底总有些没有冻实的稀粪，就刮出来，倒在事先铺好的干土里，像和泥似的和好。一夜工夫，就冻实了。第二天，运走。隔三四天，所里车得空，就派一辆三套大车把积存的粪冰运回所里。

看车把式装车，真有个看头。那么沉的、滑滑溜溜的冰块，照样装得整整齐齐，严严实实，拿绊绳一煞，纹丝不动。走个百八十里，不兴掉下一块。这才真叫“把式”！

“叭——”的一鞭，三套大车走了。我心里是高兴的。我们给所里做了一点事了。我不说我思想改造得如何好，对粪便产生了多深的感情，但是我知道这东西很金贵。我并没有做多少，只是在地面上挖一点干土，和粪。为了照顾我，不让我下池子凿冰。老乔呢，说好了他是来玩的，只是招招架架，跑跑颠颠。活，主要是老刘和小王干的。老刘是个使冰镩的行家，小王有的是力气。

这活脏一点，倒不累，还挺自由。

我们住在骡马大店的东房——正房是掌柜的一家人自己住。南北相对，各有一铺能睡七八个人的炕——挤一点，十个人也睡下了。快到春节了，没有别的客人，我们四个人占据了靠北的一张炕，很宽绰。老乔岁数大，睡炕头。小王火力壮，把门靠边。我和老刘睡当间。我那位置很好，靠近电灯，可以看书。两铺炕中间，是一口锅灶。

天一亮，年轻的掌柜就推门进来，点火添水，为我们做饭——推莜面窝窝。我们带来一口袋莜面，顿顿饭吃莜面，而且都是推窝窝。——莜面吃完了，三套大车会又给我们捎来的。小王跳到地下帮掌柜的拉风箱，我们仨就拥着被窝坐着，欣赏他的推窝窝手艺。——这么冷的天，一大清早就让他从内掌柜的热被窝里爬出来为我们做饭，我心里实在有些歉然。不大一会儿，莜面蒸上了，屋里弥漫着白蒙蒙的蒸汽，很暖和，叫人懒洋洋的。可是热腾腾的窝窝已经端到炕上了。刚出屉的莜面，真香！用蒸莜面的水，洗洗脸，我们就蘸着麦麸子做的大酱吃起来。没有油，没有醋，尤其是没有辣椒！可是你得相信我说的是真话：我一辈子很少吃过这么好吃的东西。那是什么时候呀？——一九六〇年！

我们出工比较晚。天太冷。而且得让过人家上厕所的高潮。八点多了，才赶着单套车到市里去，中午不回来。有时由我掏钱请客，去买一包"高价点心"，找个背风的角落，蹲下来，各人抓了几块嚼一气。老乔、我、小王拿一副老掉了牙的扑克牌接龙、蹩七。老刘在呼呼的风声里居然能把脑袋缩在老羊皮袄里睡一觉，还挺香！下午接着干。四点钟装车，五点多就回到七里茶坊了。

一进门，掌柜的已经拉动风箱，往灶火里添着块煤，为我们做晚饭了。

吃了晚饭，各人干各人的事。老乔看他的《啼笑因缘》。他这本《啼笑因缘》是个古本了，封面封底都没有了，书角都打了卷，当中还有不少缺页。可是他还是戴着老花镜津津有味地看，而且老看不完。小王写信，或是躺着想心事。老刘盘着腿一声不响地坐着。他这样一声不响地坐着，能够坐半天。在所里，我就见过他到生产队请一天假，哪儿也不去，什么也不干，就是坐着。我发现不止一个人有这个习惯。一年到头的劳累，坐一天是很大的享受，也是他们迫切的需要。人，有时需要休息。他们不叫休息，就叫“坐一天”。他们去请假的理由，也是“我要坐一天”。中国的农民，对于生活的要求真是太小了。我，就靠在被窝上读杜诗。杜诗读完，就压在枕头底下。这铺炕，炕沿的缝隙跑烟，把我的《杜工部诗》的一册的封面熏成了褐黄色，留下一个难忘的、美好的纪念。

有时，就有一句没一句，东拉西扯地瞎聊天。吃着柿饼子，喝着蒸锅水，抽着掺了榆树叶子的烟。这烟是农民用包袱包着私卖的，颜色是灰绿的，劲头很不足，抽烟的人叫它“半口烟”。榆树叶子点着了，发出一种焦煳的，然而分明地辨得出是榆树的气味。这种气味使我多少年后还难于忘却。

小王和老刘都是“合同工”，是所里和公社订了合同招来的。他们都是柴沟堡的人。

老刘是个老长工，老光棍。他在张家口专区几个县都打过长工，年轻时年年到坝上割莜麦。因为打了多年长工，庄稼活他样样精通。他有过老婆，跑了，因为他养不活她。从此他就不再找女人，对女人很有成见，认为女人是个累赘。他就这样背着一卷行李—— 一块毡子、一床“盖窝”（即被）、一个方顶的枕头，到处漂流。看他捆行李的利索劲儿和背行李的姿势，就知道是一个常年出门在外的老长工。他真也是自由自在，也不置什么衣服，有两个钱全喝了。他不大爱说话，但有时也能说一气，在他高兴的时候，或者不高兴的时候。这二年他常发牢骚，原因之一，是喝不到酒。他老是说：“这是咋搞的？咋搞的？”——“过去，七里茶坊，啥都有：驴肉、猪头肉、炖牛蹄子、茶鸡蛋……卖一黑夜。酒！现在！咋搞的！咋搞的！”——“‘楼上楼下，电灯电话’！做梦娶媳妇，净慕好事！多会儿？”[①]他年轻时曾给八路军送过信，带过路。“俺们那阵，有什么好吃的，都给八路军留着！早知这样，哼！……”他说的话常常出了圈，老乔就喝住他：“你瞎说点啥！没喝酒，你就醉了！你是想‘进去’住几天是怎么的？嘴上没个把门的，亏你活了这么大！”

小王也有些不平之气。他是念过高小的。他给自己编了一口顺口溜：“高小毕业生，白费六年工。想去当教员，学生管我叫老兄。想去当会计，珠算又不通！”他现在一个月挣二十九块六毛四，要交社里一部分，刨去吃饭，所剩无几。他才二十五岁，对老刘那样的自由自在的生活并不羡慕。

老乔，所里多数人称之为乔师傅。这是个走南闯北、见多识广、老于世故的工人。他是怀来人。年轻时在天津学修理汽车。抗日战争时跑

① 那时农村宣传共产主义，都说是“楼上楼下，电灯电话”。慕，是思量、向往的意思。这是很古的语言，元曲中常见。张家口地区保留了很多宋元古语。

到大后方，在资源委员会的运输队当了司机，跑仰光、腊戍。抗战胜利后，他回张家口来开车，经常跑坝上各县。后来岁数大了，五十多了，血压高，不想再跑长途，他和农科所的所长是亲戚，所里新调来一辆拖拉机，他就来开拖拉机，顺便修修农业机械。他工资高，没负担。农科所附近一个小镇上有一家饭馆，他是常客。什么贵菜、新鲜菜，饭馆都给他留着。他血压高，还是爱喝酒。饭馆外面有一棵大槐树，夏天一地浓荫。他到休息日，喝了酒，就睡在树荫里。树荫在东，他睡在东面；树荫在西，他睡在西面，围着大树睡一圈！这是前二年的事了。现在，他也很少喝了。因为那个饭馆的酒提潮湿的时候很少了。他在昆明住过，我也在昆明待过七八年，因此他老愿意找我聊天，抽着榆叶烟在一起怀旧。他是个技工，淘粪不是他的事，但是他自愿报了名。冬天，没什么事，他要来玩两天。来就来吧。

这天，我们收工特别早，下了大雪，好大的雪啊！

这样的天，凡是爱喝酒的都应该喝两盅，可是上哪儿找酒去呢？

吃了莜面，看了一会儿书，坐了一会儿，想了一会儿心事，照例聊天。

像往常一样，总是老乔开头。因为想喝酒，他就谈起云南的酒。市酒、玫瑰重升、开远的杂果酒、杨林肥酒……

“肥酒？酒还有肥瘦？”老刘问。

“蒸酒的时候，上面吊着一大块肥肉，肥油一滴一滴地滴在酒里。这酒是碧绿的。”

“像你们怀来的青梅煮酒？”

“不像。那是烧酒，不是甜酒。”

过了一会儿，又说：“有点像……”

接着，又谈起昆明的吃食。这老乔的记性真好，他可以从华山南路、正义路，一直到金碧路，数出一家一家大小饭馆，又岔到护国路和甬道街，哪一家有什么名菜，说得非常详细。他说到金钱片腿、牛干巴、锅贴乌鱼、过桥米线……

“一碗鸡汤，上面一层油，看起来连热气都没有，可是超过一百度。一盘仔鸡片、腰片、肉片，都是生的。往鸡汤里一推，就熟了。”

“那就能熟了？”

“熟了！”

他又谈起汽锅鸡。描述了汽锅是什么样子，锅里不放水，全凭蒸汽把鸡蒸熟了，这鸡怎么嫩，汤怎么鲜……

老刘很注意地听着，可是怎么也想象不出汽锅是啥样子，这道菜是啥滋味。

后来他又谈到昆明的菌子：牛肝菌、青头菌、鸡纵[1]，把鸡纵夸赞了又夸赞。

“鸡纵？有咱这儿的口蘑好吃吗？”

“各是各的味儿。”

……

老乔白话的时候，小王一直似听不听，躺着，张眼看着房顶。忽然，他问我：“老汪，你一个月挣多少钱？”

我下放的时候，曾经有人劝告过我，最好不要告诉农民自己的工资数目，但是我跟小王认识不止一天了，我不想骗他，便老实说了。小王没有说话，还是张眼躺着。过了好一会儿，他看着房顶说：“你也是一个人，我也是一个人，为什么你就挣那么多？”

他并没有要我回答，这问题也不好回答。

沉默了一会儿。

老刘说：“怨你爹没供你书[2]。人家老汪是大学毕业！”

老乔是个人情练达的人，他琢磨出小王为什么这两天老是发呆，为什么会提出这样的问题，说：“小王，你收到一封什么信，拿出来我看看！”

前天三套大车来拉粪水的时候，给小王捎来一封寄到所里的信。

事情原来是这样的：小王搞了一个对象。这对象搞得稍微有点离奇：小王有个表姐，嫁到邻村李家。李家有个姑娘，和小王年貌相当，

---

① 鸡纵是一种菌，长在白蚁窝上，味极腴美。

② “供书”是拿钱供学生读书的意思。

也是高小毕业。这表姐就想给小姑子和表弟撮合撮合，写信来让小王寄张照片去。照片寄到了，李家姑娘看了，不满意。恰好李家姑娘的一个同学陈家姑娘来串门，她看了照片，对小王的表姐说："晓得人家要俺们不要？"表姐跟陈家姑娘要了一张照片，寄给小王，小王满意。后来表姐带了陈家姑娘到农科所来，两人当面相了一相，事情就算定了。农村的婚姻，往往就是这样简单，不像城里人有逛公园、轧马路、看电影、写情书这一套。

陈家姑娘的照片我们都见过，挺好看的，大眼睛，两条大辫子。

小王收到的信是表姐寄来的，催他办事。说人家姑娘一天一天大了，等不起。那意思是说，过了春节，再拖下去，恐怕就要吹。

小王发愁的是：春节他还办不成事！柴沟堡一带办喜事倒不尚铺张，但是一床里面三新的盖窝，一套花直贡呢的棉衣，一身灯芯绒裤袄、绒衣绒裤、皮鞋、球鞋、尼龙袜子……总是要有的。陈家姑娘没有额外提什么要求，只希望要一枚金星牌钢笔。这条件提得不俗，小王倒因此很喜欢。小王已经做了长期的储备，可是算来算去还差五六十块钱。

老乔看完信，说："就这个事吗？值得把你愁得直眉瞪眼的！叫老汪给你拿二十，我给你拿二十！"

老刘说："我给你拿上十块！现在就给！"说着从红布肚兜里就摸出一张十元的新票子。

问题解决了，小王高兴了，活泼起来了。

于是接着瞎聊。

从云南的鸡枞聊到内蒙古的口蘑。说到口蘑，老刘可是个专家。黑片蘑、白蘑、鸡腿子、青腿子……

“过了正蓝旗，捡口蘑都是赶了个驴车去。一天能捡一车！”

不知怎么又说到独石口。老刘说他走过的地方没有比独石口再冷的了，那是个风窝。

“独石口我住过，冷！”老乔说，“那年我们在独石口吃了一洞子羊。”

“一洞子羊？”小王很有兴趣了。

“风太大了，公路边有一个涵洞，去避一会儿风吧。一看，涵洞里白糊糊的，都是羊。不知道是谁的羊，大概是被风赶到这里的，挤在涵洞里，全冻死了。这倒好，这是个天然冷藏库！俺们想吃，就进去拖一只，吃了整整一个冬天！”

老刘说："肥羊肉炖口蘑，那叫香！四家子的莜面，比白面还白。坝上是个好地方。"

话题转到了坝上。老乔、老刘轮流说，我和小王听着。

老乔说，坝上地广人稀，只要收一季莜麦，吃不完。过去山东人到口外打把式卖艺，不收钱。散了场子，拿一个大海碗挨家要莜面，"给！"一给就是一海碗。说坝上没果子。怀来人赶一个小驴车，装一车山里红到坝上，下来时驴车换成了三套大马车，车上满满地装的是莜面。坝上人都豪爽，大方。吃起肉来不是论斤，而是放开肚子吃饱。他说坝上人看见坝下人吃肉，一小碗，都奇怪："这吃个什么劲儿呢？"他说，他们要是看见江苏人、广东人炒菜——几根油菜、两三片肉，就更会奇怪了。他还说坝上女人长得很好看。他说，都说水多的地方女人好看，坝上没水，为什么女人都长得白白净净？那么大的风沙，皮色都很好。他说他在崇礼县看过两姐妹，长得像傅全香。

傅全香是谁，老刘、小王可都不知道。

老刘说，坝上地大，风大，雪大，雹子也大。他说有一年沽源下了一场大雪，西门外的雪跟城墙一般高。也是沽源，有一年下了一场雹子，有一个雹子有马大。

"有马大？那掉在头上不砸死了？"小王不相信有这样大的雹子！

老刘还说，坝上人养鸡，没鸡窝。白天开了门，把鸡放出去。鸡到处吃草籽，到处下蛋。他们也不每天去捡。隔十天半月，挑了一副筐，到处捡蛋，捡满了算。他说坝上的山都是一个一个馒头样的平平的山包。山上没石头。有些山很奇怪，只长一样东西。有一个山叫韭菜山，一山都是韭菜；还有一座芍药山，夏天开了满满一山的芍药花……

老乔、老刘把坝上说得那样好，使小王和我都觉得这是个奇妙的、美丽的天地。

芍药山，满山开了芍药花，这是一种什么景象？

“咱们到韭菜山上掐两把韭菜，拿盐腌腌，明天蘸莜面吃吧。”小王说。

“见你的鬼！这会儿会有韭菜？满山大雪！——把钱收好了！”

聊天虽然有趣，终有意兴阑珊的时候。天已经很黑了，房顶上的雪一定已经堆了四五寸厚了，摊开被窝，我们该睡了。

正在这时，屋门开处，掌柜的领进三个人来。这三个人都反穿着白茬老羊皮袄，齐膝的毡疙瘩。为头是一个大高个儿，五十来岁，长方脸，戴一顶火红的狐皮帽。一个四十来岁，是个矮胖子，脸上有几颗很大的痘疤，戴一顶狗皮帽子。另一个是和小王岁数仿佛的后生，雪白的山羊头的帽子遮齐了眼睛，使他看起来像一个女孩子。——他脸色红润，眼睛太好看了！他们手里都拿着一根六道木二尺多长的短棍。虽然刚才在门外已经拍打了半天，帽子上、身上，还粘着不少雪花。

掌柜的说：“给你们做饭？——带着面了吗？”

“带着哩。”

后生解开老羊皮袄，取出一个面口袋。——他把面口袋系在腰带上，怪不道他看起来身上鼓鼓囊囊的。

“推窝窝？”

高个儿把面口袋交给掌柜的：“不吃莜面！一天吃莜面。你给俺们到老乡家换几个粑粑头[1]吃。多时不吃粑粑头，想吃个粑粑头。把火弄得旺旺的，烧点水，俺们喝一口。——没酒？”

“没。”

“没咸菜？”

“没。”

“那就甜[2]吃！”

老刘小声跟我说：“是坝上来的。坝上人管窝窝头叫粑粑头。是赶牲口的——赶牛的。你看他们拿的六道木的棍子。”随即，他和这三个坝上人搭咯起来：“今天一早从张北动的身？”

“是。——这天气！”

“就你们仨？”

“还有仨。”

“那仨呢？”

“在十多里外，两头牛掉进雪窟窿里了。他们仨在往上弄。俺们把其余的牛先送到食品公司屠宰场，到店里等他们。”

“这样天气，你们还往下送牛？”

“没法子。快过年了。过年，怎么也得叫坝下人吃上一口肉！”

不大一会儿，掌柜的搞了粑粑头来了，还弄了几个腌蔓菁来。他们把粑粑头放在火里烧了一会儿，水开了，把烧焦的粑粑头拍打拍打，就吃喝起来。

---

① 他们说“粑粑头”，“粑粑”作入声。

② 张家口一带不说“淡”，说“甜”。

我们的酱碗里还有一点酱，老乔就给他们送过去。

“你们那里今年年景咋样？”

“好！”高个儿回答得斩钉截铁。显然这是反话，因为痘疤脸和后生都扑哧一声笑了。

“他们仨咋还不来？去看看。”高个儿说着把解开的老羊皮袄又系紧了。

痘疤脸说：“我们俩去。你啦[①]就甭去了。”

“去！”

他们和掌柜的借了两根木杠，把我们车上的缆绳也借去了，拉开门，就走了。

听见后生在门外大声说：“雪更大了！”

老刘起来解手，把地下三根六道木的棍子归在一起，上了炕，说：“他们真辛苦！”

过了一会儿，又自言自语地说：“咱们也很辛苦。”

老乔一面钻被窝，一面说：“中国人都很辛苦啊！”

小王已经睡着了。

“过年，怎么也得叫坝下人吃上一口肉！”我老是想着高个儿的这句话，心里很感动，很久未能入睡。这是一句朴素、美丽的话。

半夜，朦朦胧胧地听到几个人轻手轻脚走进来，我睁开眼，问：“牛弄上来了？”

---

① “你啦”是第二人称的尊称，相当于北京话的“您”，大概是“你老人家”的切音。

高个儿轻轻地说："弄上来了。把你吵醒了！睡吧！"

他们睡在对面的炕上。

第二天，我们起得很晚。醒来时，这六个赶牛的坝上人已经走了。

一九八一年五月十一日写成

载一九八一年第五期《收获》

02 听遛鸟人谈戏

近来我每天早晨绕着玉渊潭遛一圈。遛完了，常找一个地方坐下听人聊天。这可以增长知识，了解生活。还有些人不聊天。钓鱼的、练气功的，都不说话。游泳的闹闹嚷嚷，听不见他们嚷什么。读外语的学生，读日语的、英语的、俄语的，都不说话，专心致志把莎士比亚和屠格涅夫印进他们的大脑皮层里去。

比较爱聊天的是那些遛鸟的。他们聊的多是关于鸟的事，但常常联系到戏。遛鸟与听戏，性质上本相接近。他们之中不少是既爱养鸟，也爱听戏，或曾经也爱听戏的。

遛鸟的起得早，遛鸟的地方常常也是演员喊嗓子的地方，故他们往往有当演员的朋友，知道不少梨园掌故。有的自己就能唱两口。有一个遛鸟的，大家都叫他“老包”，他其实不姓包，因为他把鸟笼一挂，自己就唱开了：“包龙图打坐在开封府……”就这一句。唱完了，自己听着不好，摇摇头，接茬再唱：“包龙图打坐……”

因为常听他们聊，我多少知道一点关于鸟的常识。知道画眉的眉子齐不齐，身材胖瘦，头大头小，是不是“原毛”，有“口”没有，能叫什么玩意儿：伏天、喜鹊——大喜鹊、山喜鹊、苇咋子、猫、家雀打架、鸡下蛋……知道画眉的行市，哪只鸟值多少“张”——“张”，是一张十元的钞票。他们的行话不说几十块钱，而说多少张。有一个七十八岁的老头，原先本是勤行，他的一只画眉，人称鸟王。有人问他出不出手，要多少钱，他说：“二百。”遛鸟的都说：“值！”

我有些奇怪了，忍不住问：“一只鸟值多少钱，是不是公认的？你们都瞧得出来？”

几个人同时叫起来：“那是！老头的值二百，那只生鸟值七块。梅兰芳唱戏卖两块四，戏校的学生现在卖三毛。老包，倒找我两块钱！那能错了？”“全北京一共有多少画眉？能统计出来吗？”

“横是不少！”

这位对画眉和京剧的前途都非常乐观。

一个六十多岁的退休银行职员说：“养画眉的历史大概和京剧的历史差不多长，有四大徽班那会儿就有画眉。”

他这个考证可不大对。画眉的历史可要比京剧长得多，宋徽宗就画过画眉。

“养鸟有什么好处呢？”我问。

“嗐，遛人！”七十八岁的老厨师说，“没有个鸟，有时早上一醒，觉得还困，就懒得起了；有个鸟，多困也得起！”

“这是个乐儿！”一个还不到五十岁的扁平脸、双眼皮很深、络腮胡子的工人——他穿着厂里的工作服，说。

“是个乐儿！钓鱼的、游泳的，都是个乐儿！”说话的是退休银行职员。

“一个画眉，不就是叫吗？怎么会有那么大的差别？”

一个戴白边眼镜的穿着没有领子的酱色衬衫的中等个子老头儿，他老给他的四只画眉洗澡——把鸟笼放在浅水里让画眉抖擞毛羽，说：“叫跟叫不一样！跟唱戏一样，有的嗓子宽，有的窄，有的有膛音，有的干冲！不但要声音，还得要‘样’，得有‘做派’，有神气。您瞧我这只画眉，叫得多好！像谁？”

像谁？

“像马连良！”

像马连良？！我细瞧一下，还真有点像！它周身干净利索，挺拔精神，叫的时候略偏一点身子，还微微摇动脑袋。

“潇洒！”

我只得承认：潇洒！

不过我立刻不免替京剧演员感到一点悲哀，原来在这些人的心目中，对一个演员的品鉴，就跟对一只画眉一样。

“一只画眉，能叫多少年？”

勤行老师傅说：“十来年没问题！”

老包说：“也就是七八年。就跟唱京剧一样：李万春现在也只能看一招一式，高盛麟也不似当年了。”

他说起有一年听《四郎探母》，甭说四郎、公主，佘太君是李多奎，那嗓子，冲！他慨叹说：“那样的好角儿，现在没有了！现在的京剧没有人看——看的人少，那是啊，没有那么多好角儿了嘛！你再有杨小楼，再有梅兰芳，再有金少山，试试！照样满！两块四？四块八也有人看！——我就看！卖了画眉也看！”

他说出了京剧不景气的原因：老成凋谢，后继无人。这与一部分戏曲理论家的意见不谋而合。

戴白边眼镜的中等个老头儿不以为然："不行！王师傅的鸟值二百（哦，原来老人姓王），可是你叫个外行来听听：听不出好来！就是梅兰芳、杨小楼再活回来，你叫那边那几个念洋话的学生来听听，他也听不出好来。不懂！现而今这年轻人不懂的事太多。他们不懂京剧，那戏园子的座儿就能好了哇？"

好几个人附和："那是！那是！"

他们以为京剧的危机是不懂京剧的学生造成的。如果现在的学生都像老舍所写的赵子曰，或者都像老包，像这些懂京剧的遛鸟的人，京剧就得救了。这跟一些戏剧理论家的意见也很相似。

然而京剧的老观众，比如这些遛鸟的人，都已经老了，他们大部分已经退休。他们跟我闲聊中最常问的一句话是："退了没有？"那么，京剧的新观众在哪里呢？

哦，在那里：就是那些念屠格涅夫、念莎士比亚的学生。

也没准儿将来改造京剧的也是他们。

谁知道呢！

载一九八二年第二期《北京文艺》

03 观音寺

我在观音寺住过一年。观音寺在昆明北郊，是一个荒村，没有什么寺。——从前也许有过。西南联大有几个同学，心血来潮，办了一所中学。他们不知通过什么关系，在观音寺找了一处校址。这原是资源委员会存放汽油的仓库，废弃了。我找不到工作，闲着，跟当校长的同学说一声，就来了。这个汽油仓库有几间比较大的屋子，可以当教室，有几排房子可以当宿舍，倒也像那么一回事。房屋是简陋的，瓦顶、土墙，窗户上没有玻璃。——那些五十三加仑的汽油桶是不怕风雨的。没有玻璃有什么关系！我们在联大新校舍住了四年，窗户上都没有玻璃。在窗格上糊了桑皮纸，抹一点青桐油，亮堂堂的，挺有意境。教员一人一间宿舍，室内床一、桌一、椅一。还要什么呢？挺好。每个月还有一点微薄的薪水，饿不死。

这地方是相当野的。我来的前一学期，有一天，薄暮，有一个赶马车的被人捅了一刀——昆明市郊之间通马车，马车形制古朴，一个有篷的车厢，厢内两边各有一条木板，可以坐八个人——马车和身上的钱都被抢去了，他手里攥着一截突出来的肠子，一边走，一边还问人：“我这是什么？我这是什么？”

因此这个中学里有几个校警，还有两支老旧的七九步枪。

学校在一条不宽的公路边上，大门朝北。附近没有店铺，也不见有人家。西北围墙外是一个孤儿院。有二三十个孩子，都挺瘦。有一个管理员。这位管理员不常出来，不知道是什么样子，但是他的声音我们很熟悉。他每天上午、下午都要教这些孤儿唱戏。他大概是云南人，教唱的却是京戏。而且老是那一段：《武家坡》。他唱一句，孤儿们跟着唱一句。“一马离了西凉界”——“一马离了西凉界”；“不由人一阵阵泪洒胸怀”——“不由人一阵阵泪洒胸怀”。听了一年《武家坡》，听得人真想泪洒胸怀。

孤儿院的西边有一家小茶馆，卖清茶、葵花子，有时也有两块芙蓉糕。还卖市酒。昆明的白酒分升酒（玫瑰重升）和市酒。市酒是劣质白酒。

再往西去，有一个很奇怪的单位，叫作“灭虱站”。这还是一个国际性的机构，是美国救济总署办的，专为国民党的士兵消灭虱子。我们有时看见一队士兵开进大门，过了一会儿，我们在附近散了一会儿步之后，又看见他们开了出来。听说这些兵进去，脱光衣服，在身上和衣服上喷一种什么药粉，虱子就灭干净了。这有什么用呢？过几天他们还不是浑身又长出虱子来了吗？

我们吃了午饭、晚饭常常出去散步。大门外公路对面是一大片农田。田里种的不是稻麦，却是胡萝卜。昆明的胡萝卜很好，浅黄色，粗而且长，细嫩多水分，味微甜。联大学生爱买了当水果吃，因为很便宜。女同学尤其爱吃，因为据说这种胡萝卜含少量的砒，吃了可以驻颜。常常看见几个女同学一人手里提了一把胡萝卜。到了宿舍里，嘎吱嘎吱地嚼。胡萝卜田是很好看的。胡萝卜叶子琐细，颜色浓绿，密密的，把地皮盖得严严的，说它是“堆锦积绣”，毫不为过。再往北，有一条水渠。渠里不常有水。渠沿两边长了很多木香花。开花的时候白灿灿的耀人眼目，香得不得了。

学校后面——南边是一片丘陵。山上有一口池塘。这池塘下面大概有泉眼，所以池水常满，很干净。这样的池塘按云南人的习惯应该叫作“龙潭”。龙潭里有鱼——鲫鱼。我们有时用自制的鱼竿来钓鱼。这里的鱼未经人钓过，很易上钩。坐在这样的人迹罕至的池边，仰看蓝天白云，俯视钓丝，不知身在何世。

东面是坟。昆明人家的坟前常有一方平地，大概是为了展拜用的。有的还有石桌石凳，可以坐坐。这里有一些矮柏树，到处都是蓝色的野菊花和报春花。这种野菊花非常顽强，连根拔起来养在一个破钵子里，可以开很长时间的花。这里后来成了美国兵开着吉普带了妓女来野合的场所。每到月白风清的夜晚，就可以听到公路上不断有吉普车的声音。美国兵野合，好像是有几个集中的地方的，并不到处撒野。他们不知怎么看中了这个地方。他们扔下了好多保险套，白花花的，到处都是。后来我们就不大来了。这个玩意儿，总是不那么雅观。

我们的生活很清简。教书、看书。打桥牌，聊大天。吃野菜，吃灰菜、野苋菜。还吃一种叫作豆壳虫的甲虫。我在小说《老鲁》里写的，都是真事。喔，我们还演过话剧，《雷雨》，师生合演。演周萍的叫王惠。这位老兄一到了台上简直是晕头转向。他站错了地位，导演着急，在布景后面叫他：“王惠，你过来！”他以为是提词，就在台上大声嚷嚷：“你过来！”弄得同台的演员莫名其妙。他忘了词，无缘无故在台上大喊：“鲁贵！”我演鲁贵，心说：“坏了，曹禺的剧本里没有这一段呀！”没法子，只好上去，没话找话：“大少爷，您明儿到矿上去，给您预备点什么早点？煮几个鸡蛋吧！”他总算明白过来了：“好，随便，煮鸡蛋！去吧！”

生活清贫，大家倒没有什么灾病。王惠得了一次破伤风——打篮球碰破了皮，感染了。有一个姓董的同学和另一个同学搭一辆空卡车进城。那个同学坐在驾驶舱里，他靠在卡车后面的挡板上，挡板的铁闩松开了，他摔了下去，等找到他的时候，坏了，他不会说中国话了，只会说英语，而且只有两句："I am cold，I am hungry.（我冷，我饿。）"翻来覆去，说个不停。这二位都治好了。我们那时都年轻，很皮实，不太容易被疾病打倒。

炮仗响了。日本投降那天，昆明到处放炮仗，昆明人就把抗战胜利叫作"炮仗响了"。这成了昆明人计算时间的标记，如："那会儿炮仗还没响"，"这是炮仗响了之后一个月的事情"。大后方的人纷纷忙着"复员"，我们的同学也有的联系汽车，计划着"青春做伴好还乡"。有些因为种种原因，一时回不去，不免有点恓恓惶惶。有人抄了一首唐诗贴在墙上：

故园东望路漫漫，
双袖龙钟泪不干。
马上相逢无纸笔，
凭君传语报平安。

诗很对景，但是心情其实并不那样酸楚。昆明的天气这样好，有什么理由急于离开呢？这座中学后来迁到篆塘到大观楼之间的白马庙，我在白马庙又接着教了一年，到一九四六年八月，才走。

载一九八七年第六期《滇池》

04 沽源

沙岭子农业科学研究所派我到沽源的马铃薯研究站去画马铃薯图谱。我从张家口一清早坐上长途汽车，近晌午时到沽源县城。

沽源原是一个军台。军台是清代在新疆和蒙古西北两路专为传递军报和文书而设置的邮驿。官员犯了罪，就会被皇上命令“发往军台效力”。我对清代官制不熟悉，不知道什么品级的官员，犯了什么样的罪名，就会受到这种处分，但总是很严厉的处分，和一般的贬谪不同。然而据龚定庵说，发往军台效力的官员并不到任，只是住在张家口，花钱雇人去代为效力。我这回来，是来画画的，不是来看驿站送情报的，但也可以说是“效力”来了，我后来在带来的一本《梦溪笔谈》的扉页上画了一方图章：“效力军台。”这只是跟自己开开玩笑而已，并无很深的感触。我只身到塞外——这地方在外长城北侧，可真正是“塞外”了——来画山药（这一带人都把马铃薯叫作“山药”），想想也怪有意思。

沽源在清代一度曾叫“独石口厅”。龚定庵说他“北行不过独石口”，在他看来，这是很北的地方了。这地方冬天很冷。经常到口外揽工的人说：“冷不过独石口。”据说去年下了一场大雪，西门外的积雪和城墙一般高。我看了看城墙，这城墙也实在太矮了点，像我这样的个子，一伸手就能摸到城墙顶了。不过话说回来，一人多高的雪，真够大的。

这城真够小的。城里只有一条大街。从南门慢慢地溜达着，不到十分钟就出北门了。北门外一边是一片草地，有人在套马；一边是一个水塘，有一群野鸭子自自在在地浮游。城门口游着野鸭子，城中安静可知。城里大街两侧隔不远种一棵树——杨树，都用土墼围了高高的一圈，为的是怕牛羊啃吃，也为了遮风，但都极瘦弱，不一定能活。在一处墙角竟发现了几丛波斯菊，这使我大为惊异了。波斯菊昆明是很常见的。每到夏秋之际，总是开出很多浅紫色的花。波斯菊花瓣单薄，叶细碎如小茴香，茎细长，微风吹拂，姗姗可爱。我原以为这种花只宜在土肥雨足的昆明生长，没想到它在这少雨多风的绝塞孤城也活下来了。当然，花小了，更单薄了，叶子稀疏了，它，伶仃萧瑟了。虽则是伶仃萧瑟，它还是竭力地放出浅紫浅紫的花来，为这座绝塞孤城增加了一分颜色、一点生气。谢谢你，波斯菊!

我坐了牛车到研究站去。人说世间“三大慢”：等人、钓鱼、坐牛车。这种车实在太原始了，车轱辘是两个木头饼子，本地人就叫它“二饼子车”。真叫一个慢。好在我没有什么急事，就躺着看看蓝天，看看平如案板一样的大地——这真是“大地”，大得无边无沿。

我在这里的日子真是逍遥自在至极。既不开会，也不学习，也没人领导我。就我自己，每天一早蹚着露水，掐两丛马铃薯的花，两把叶子，插在玻璃杯里，对着它一笔一笔地画。上午画花，下午画叶子——花到下午就蔫了。到马铃薯陆续成熟时，就画薯块，画完了，就把薯块放到牛粪火里烤熟了，吃掉。我大概吃过几十种不同样的马铃薯。据我的品评，以“男爵”为最大，大的一个可达两斤；以“紫土豆”味道最佳，皮色深紫，薯肉黄如蒸栗，味道也似蒸栗；有一种马铃薯可当水果生吃，很甜，只是太小，比一个鸡蛋大不了多少。

沽源盛产莜麦。那一年在这里开全国性的马铃薯学术讨论会，与会专家提出吃一次莜面。研究站从一个叫“四家子”的地方买来坝上最好的莜面，比白面还细，还白；请来几位出名的做莜面的媳妇来做。做出了十几种花样，除了“搓窝窝”“搓鱼鱼”“猫耳朵”，还有最常见的“压饸饹”，其余的我都叫不出名堂。蘸莜面的汤汁也极精彩，羊肉口蘑潲[①]（这个字我始终不知道怎么写）子。这一顿莜面吃得我终生难忘。

夜雨初晴，草原发亮，空气闷闷的，这是出蘑菇的时候。我们去采蘑菇。一两个小时，可以采一网兜。回来，用线穿好，晾在房檐下。蘑菇采得，马上就得晾，否则极易生蛆。口蘑干了才有香味，鲜口蘑并不好吃，不知是什么道理。我曾经采到一个白蘑。一般蘑菇都是“黑片蘑”，菌盖是白的，菌褶是紫黑色的。白蘑则菌盖菌褶都是雪白的，是很珍贵的，不易遇到。年底探亲，我把这只亲手采的白蘑带到北京，一个白蘑做了一碗汤，孩子们喝了，都说比鸡汤还鲜。

一天，一个干部骑马来办事，他把马拴在办公室前的柱子上。我走过去看看这匹马，是一匹枣红马，膘头很好，鞍鞯很整齐。我忽然意动，把马解下来，跨了上去。本想走一小圈就下来，没想到这平平的细沙地上骑马是那样舒服，于是一抖缰绳，让马快跑起来。这马很稳，我原来难免的一点畏怯消失了，只觉得非常痛快。我十几岁时在昆明骑过马，不想人到中年，忽然作此豪举，是可一记。这以后，我再也没有骑过马。

① 应为臊子，肉丁或肉末。——编者注

有一次，我一个人走出去，走得很远。忽然变天了，天一下子黑了下来，云头在天上翻滚，堆着，挤着，绞着，拧着。闪电熠熠，不时把云层照透。雷声訇訇，接连不断，声音不大，不是霹雷，但是浑厚沉雄，威力无边。我仰天看看凶恶奇怪的云头，觉得这真是天神发怒了。我感觉到一种从未体验过的恐惧。我一个人站在广漠无垠的大草原上，觉得自己非常小，小得只有一点。

我快步往回走。刚到研究站，大雨下来了，还夹有雹子。雨住了，却又是一个很蓝很蓝的天，阳光灿烂。草原的天气，真是变化莫测。

天凉了，我没有带换季的衣裳，就离开了沽源。剩下一些没有来得及画的薯块，是带回沙岭子完成的。

我这辈子大概不会再有机会到沽源去了。

载一九九〇年一月十日《济南日报》

05 西窗雨

很多中国作家是吃狼的奶长大的。没有外国文学的影响，中国文学不会像现在这个样子，很多作家也许不会成为作家。即使有人从来不看任何外国文学作品，即使他一辈子住在连一条公路也没有的山沟里，他也是会受外国文学的影响的，尽管是间接又间接的。没有一个作家是真正的“土著”，尽管他以此自豪，以此标榜。

高中三年级的时候，我为避战乱，住在乡下的一个小庵里，身边所带的书，除为了考大学用的物理化学教科书外，只有一本《沈从文选集》，一本屠格涅夫的《猎人笔记》。可以说，是这两本书引我走上文学道路的。屠格涅夫对人的同情，对自然的细致的观察给我很深的影响。

我在大学里读的是中文系，但是课外所看的，主要是翻译的外国文学作品。

我喜欢在气质上比较接近我的作家。不喜欢托尔斯泰。一直到一九五八年我为了找一部耐看的作品，我才带了两大本《战争与和平》，费了好大的劲才看完。不喜欢陀思妥耶夫斯基那样沉重阴郁的小说。非常喜欢契诃夫。托尔斯泰说契诃夫是一个很怪的作家，他好像把文字随便丢来丢去，就成了一篇作品。我喜欢他的松散自由、随便、起止自在的文体；喜欢他对生活的痛苦的思索和一片温情。我认为契诃夫是一个真正的现代作家。从契诃夫后，俄罗斯文学才进入一个新的时期。

苏联文学里，我喜欢安东诺夫。他是继承契诃夫传统的。他比契诃夫更现代一些，更西方一些。我看了他的《在电车上》，有一次在文联大楼开完会出来，在大门台阶上遇到萧乾同志，我问他："这是不是意识流？"萧乾说："是。但是我不敢说！"

我喜欢苏克申，他也是继承契诃夫的。苏克申对人生的感悟比安东诺夫要深。

法国文学里，最使当时的大学生着迷的是A.纪德。在茶馆里，随时可以看到一个大学生捧着一本纪德的书在读，从优雅的、抒情诗一样的情节里思索其中哲学的底蕴。影响最大的是《纳蕤思解说》《田园交响乐》。《窄门》《伪币制造者》比较枯燥。在《地粮》的文体影响下，不少人写起散文诗日记。

波特莱尔的《恶之花》《巴黎之烦恼》是一些人的袋中书——这两本书的开本都比较小。

我不喜欢莫泊桑，因为他做作，是个"职业小说家"。我喜欢都德，因为他自然。

我始终没有受过《约翰·克利斯朵夫》的诱惑，我宁可听法朗士的怀疑主义的长篇大论。

英国文学里，我喜欢弗·伍尔夫。她的《到灯塔去》《浪》写得很美。我读过她的一本很薄的小说《狒拉西》，是通过一只小狗的眼睛叙述伯朗宁和伯朗宁夫人的恋爱过程，角度非常别致。《狒拉西》似乎不是用意识流方法写的。

我很喜欢西班牙的阿索林，阿索林的意识流是覆盖着阴影的，清凉的，安静透亮的溪流。

意识流有什么可非议的呢？人类的认识发展到一定阶段，就会发现人的意识是流动的，不是那样理性，那样规整，那样可以分切的。意识流改变了作者和人物的关系。作者对人物不再是旁观，俯视，为所欲为。作者的意识和人物的意识同时流动。这样，作者就更接近人物，也更接近生活，更真实了。意识流不是理论问题，是自然产生的。林徽因显然就是受了弗·伍尔夫的影响，废名原来并没有看过伍尔夫的作品，但是他的作品却与伍尔夫十分相似。这怎么解释？

意识流造成传统叙述方法的解体。

我年轻时是受过现代主义、意识流方法的影响的。

太阳晒着港口，把盐味敷到坞边的杨树的叶片上。海是绿的，腥的。

一只不知名的大果子，有头颅那样大，正在腐烂。

贝壳在沙粒里逐渐变成石灰。

浪花的白沫上飞着一只鸟，仅仅一只。太阳落下去了。

黄昏的光映在多少人的额头上，在他们的额头上涂了一半金。

多少人逼向三角洲的尖端。又转身分散。

人看远处如烟。

自在烟里，看帆篷远去。

来了一船瓜，一船颜色和欲望。

一船是石头，比赛着棱角。也许——

一船鸟，一船百合花。

深巷卖杏花。骆驼。

骆驼的铃声在柳烟中摇荡。鸭子叫，一只通红的蜻蜓。

惨绿的雨前的磷火。

一城灯！

——《复仇》

这是什么？大概是意识流。

我的文艺思想后来有所发展。八十年代初，我宣布过“回到现实主义，回到民族传统”。但是立即补充了一句：“我所说的现实主义是能容纳各种流派的现实主义，我所说的民族传统是能吸收任何外来影响的民族传统。”

抗日战争时期。昆明小西门外。

米市，菜市，肉市。柴驮子，炭驮子。马粪。粗细瓷碗，砂锅铁锅。焖鸡米线，烧饵块。金钱片腿，牛干巴。炒菜的油烟，炸辣子呛人的气味。红黄蓝白黑，酸甜苦辣咸。

每个人带着一生的历史，半个月的哀乐，在街上走……

——《钓人的孩子》

这大概不能算是纯粹的民族传统。中国虽然也有“鸡声茅店月，人迹板桥霜”，有“古道西风瘦马，枯藤老树昏鸦”，但是堆砌了一连串的名词，无主语，无动词，是少见的。这也可以说是意识流。有人说这是意象主义，也可以吧。总之，这样的写法是外来的。

有一种说法：越是民族的，就越是世界的。这话我不知道是什么意思。如果说越写出民族的特点，就越有世界意义，可以同意。如果用来作为拒绝外来影响的借口，以为越土越好，越土越洋，我觉得这会害了自己，也害了别人。

我想对《外国文学评论》提几点看法。

希望能研究一下外国文学研究的最终目的是什么？我以为应该是推动、影响、刺激中国的当代创作。要考虑刊物的读者是什么人，我以为应是中国作家、中国的文学爱好者，当然，也包括中国的外国文学研究者。不要为了研究而研究，不要脱离中国文学的实际，要有的放矢，顾及社会的和文学界的效应。

评论要和鉴赏结合起来，要更多介绍一点外国作家和作品，不要空谈理论。现在发表的文章多是从理论到理论。评介外国的作家和作品，得是一个中国的研究者的带独创性的意见，不宜照搬外国人的意见。可以考虑开一个栏目：外国作家对中国作家的影响，比如魏尔兰之于艾青，T.S.艾略特、奥登之于九叶派诗人……这似乎有点跨进了比较文学的范围。但是我觉得一个外国文学研究者多多少少得是一个比较文学研究者，否则易于架空。

最后，希望文章不要全是理论语言，得有点文学语言。要有点幽默感。完全没有幽默感的文章是很烦人的。

一九九二年二月九日

载一九九二年第二期《外国文学评论》

06 大妈们

我们楼里的大妈们都活得有滋有味，使这座楼增加了不少生气。

许大妈是许老头的老伴，比许老头小十几岁，身体挺好，没听说她有什么病。生病也只有伤风感冒，躺两天就好了。她有一根花椒木的拐杖，本色，很结实，但是很轻巧，一头有两个杈，像两个小犄角。她并不用它来拄着走路，而是用来扛菜。她每天到铁匠营农贸市场去买菜，装在一个蓝布兜里，把布兜的袢套在拐杖的小犄角上，扛着。她买的菜不多，多半是一把韭菜或一把茴香。走到刘家窑桥下，坐在一块石头上，把菜倒出来，择菜。择韭菜、择茴香。择完了，抖落抖落，把菜装进布兜，又用花椒木拐杖扛起来，往回走。她很和善，见人也打招呼，笑笑，但是不说话。她用拐杖扛菜，不是为了省劲，好像是为了好玩。到了家，过不大会儿，就听见她乒乒乓乓地剁菜。剁韭菜，剁茴香。她们家爱吃馅儿。

奚大妈是河南人，和传达室小邱是同乡，对小邱很关心，很照顾。她最放不下的一件事，是给小邱张罗个媳妇。小邱已经三十五岁，还没有结婚。她给小邱张罗过三个对象，都是河南人，是通过河南老乡关系间接认识的。第一个是奚大妈一个村的。事情已经谈妥，这女的已经在小邱床上睡了几个晚上。一天，不见了，跟在附近一个小旅馆里住着的几个跑买卖的山西人跑了。第二个在一个饭馆里当服务员。也谈得差不多了，女的说要回家问问哥哥的意见。小邱给她买了很多东西：衣服、料子、鞋、头巾……借了一辆平板三轮，装了半车，蹬车送她上火车站。不料一去再无音信。第三个也是在饭馆里当服务员的，长得很好看，高颧骨，大眼睛，身材也很苗条。就要办事了，才知道这女的是个“石女”。奚大妈叹了一口气：“唉！这事儿闹的！”

江大妈人非常好，非常贤惠，非常勤快，非常爱干净。她家里真是一尘不染。她整天不断地擦、洗、掸、扫。她的衣着也非常干净，非常利索。裤线总是笔直的。她爱穿坎肩，铁灰色毛涤纶的，深咖啡色薄呢的，都熨熨帖帖。她很注意穿鞋，鞋的样子都很好。她的脚很秀气。她已经过六十了，近看脸上也有皱纹了，但远远一看，说是四十来岁也说得过去。她还能骑自行车，出去买东西，买菜，都是骑车去。看她跨上自行车，一踩脚蹬，哪像是已经有了四岁大的孙子的人哪！她平常也不大出门，老是不停地收拾屋子。她不是不爱理人，有时也和人聊聊天，说说这楼里的事，但语气很宽厚，不嚼老婆舌头。

顾大妈是个胖子。她并不胖得腮帮的肉都往下掉，只是腰围很粗。她并不步履蹒跚，只是走得很稳重，因为搬运她的身体并不很轻松。她面白微黄，眉毛很淡。头发稀疏，但是总是梳得很整齐服帖。她原来在一个单位当出纳，是干部。退休了，在本楼当家属委员会委员，也算是干部。家属委员会委员的任务是要换购粮本、副食本了，到各家敛了来，办完了，又给各家送回去。她的干部意识根深蒂固，总觉得自己不是一个家庭妇女。别的大妈也觉得她有架子，很少跟她过话。她爱和本楼的退休了的或尚未退休的女干部说话。说她自己的事。说她的儿女在单位很受器重；说她原来的领导很关心她，逢春节都要来看看她……

在这条街上任何一个店铺里，只要有人一学丁大妈雄赳赳气昂昂走路的神气，大家就知道这学的是谁，于是都哈哈大笑，一笑笑半天。

丁大妈的走路，实在是少见。头昂着，胸挺得老高，大踏步前进，两只胳臂前后甩动，走得很快。她头发乌黑，梳得整齐。面色紫褐，发出铜光，脸上的纹路清楚，如同刻出。除了步态，她还有一特别处：她穿的上衣，都是大襟的。料子是讲究的。夏天，派力司；春秋天，平绒；冬天，下雪，穿羽绒服。羽绒服没有大襟的。她为什么爱穿大襟上衣？这是习惯。她原是崇明岛的农民，吃过苦。现在苦尽甘来了。她把儿子拉扯大了。儿子、儿媳妇都在美国，按期给她寄钱。她现在一个人过，吃穿不愁。她很少自己做饭，都是到粮店买馒头，买烙饼，买面条。她有个外甥女，是个时装模特儿，常来看她，很漂亮。这外甥女，楼里很多人都认识。她和外甥女上电梯，有人招呼外甥女："你来了！"——"我每星期都来。"丁大妈说："来看我！"非常得意。丁大妈活得非常得意，因此她雄赳赳气昂昂。

罗大妈是个高个儿，水蛇腰。她走路也很快，但和丁大妈不一样：丁大妈大踏步，罗大妈步子小。丁大妈前后甩胳臂，罗大妈胳臂在小腹前左右摇。她每天"晨练"，走很长一段，扭着腰，摇着胳膊。罗大妈没牙，但是乍看看不出来，她的嘴很小，嘴唇很薄。她这个岁数——她也就是五十出头吧，不应该把牙都掉光了，想是牙有病，拔掉的。没牙，可是话很多，是个连片子嘴。

乔大妈一头银灰色的卷发。天生的卷。气色很好。她活得兴致勃勃。她起得很早，每天到天坛公园"晨练"，打一趟太极拳，练一遍鹤翔功，遛一个大弯。然后顺便到法华寺菜市场买一提兜菜回来。她爱做饭，做北京"吃儿"。蒸素馅包子，炒疙瘩，摇棒子面嘎嘎……她对自己做的饭非常得意。"我蒸的包子，好吃极了！""我炒的疙瘩，好吃极了!”“我摇的嘎嘎，好吃极了！”她间长不短去给她的孙子做一顿中午饭。她儿子儿媳妇不跟她一起住，单过。儿子儿媳是“双职工”，中午顾不上给孩子做饭。“老让孩子吃方便面，那哪成！”她爱养花，阳台上都是花。她从天坛东门买回来一大把芍药骨朵，深紫色的。“能开一个月！”

大妈们常在传达室外面院子里聚在一起闲聊天。院子里放着七八张小凳子、小椅子，她们就错错落落地分坐着。所聊的无非是一些家长里短。谁家买了一套组合柜，谁家拉回来一堂沙发，哪儿买的、多少钱买的，她们都打听得很清楚。谁家的孩子上“学前班”，老不去，“淘着哪！”谁家两口子吵架，又好啦，挎着胳膊上游乐园啦！乔其纱现在不时兴啦，现在兴“砂洗”……大妈们有一个好处，倒不搬弄是非。楼里有谁家结婚，大妈们早就在院里等着了。她们看扎着红彩绸的小汽车开进来，看放鞭炮，看新娘子从汽车里走出来，看年轻人往新娘子头发上撒金银色纸屑……

一九九二年六月十日

07 吃饭

关荣魁行二，他又姓关，后台演员戏称他为关二爷，或二爷。他在科班学的是花脸，按说是铜锤、架子两门抱。他会的戏不少，但都不“咬人”。演员队长叶德麟派戏时，最多给他派一个“八大拿”里的大大个儿、二大个儿、何路通、金大力、关泰。他觉得这真是屈才！他自己觉得“好不了角儿”，都是由于叶德麟不捧他。剧团要排“革命现代戏”《杜鹃山》，他向叶德麟请战，他要演雷刚。叶德麟白了他一眼：“你?”——“咱们有嗓子呀！”——“去去去，一边儿凉快去！”关二爷出得门来，打了一个“哇呀”：“有眼不识金镶玉，错把茶壶当夜壶，哇呀……”

关二爷在外面，在剧团里虽然没多少人捧他，在家里可是绝对权威，一切由他说了算。据他说，想吃什么，上班临走给媳妇嘱咐一声：“是米饭、炒菜，是包饺子——韭菜的还是茴香的，是煎锅贴儿、瓠塌子，熬点小米粥或者棒碴儿粥、小酱萝卜，还是臭豆腐……”

“她要是不给做呢？”

“那就给什么吃什么呗！”

关二爷回答得很麻利。

“哦，力巴摔跤[①]！”

申元镇会的戏很多，文武昆乱不挡，但台上只能来个中军、家院，

① 北京的歇后语，“力巴摔跤，给嘛吃嘛”。

他没有嗓子。他要算一个戏曲鉴赏家，甭管是老生戏、花脸戏，什么叫马派、谭派，哪叫裘派，他都能说得头头是道。小声示范，韵味十足。只是大声一唱，什么也没有！青年演员、中年演员，很爱听他谈戏。关二爷对他尤其佩服得五体投地，老是纠缠他，让他说裘派戏，整出整出地说，一说两个小时。说完了“红绣鞋”牌子，他站起要走，关二爷拽着他：“师哥，别走！师哥师哥，再给说说！师哥师哥！……”——“不行，我得回家吃饭！”别人劝关二爷，“荣魁，你别老是死乞白赖，元镇有他的难处！”大家交了交眼神，心照不宣。

申元镇回家，媳妇拉长着脸：“饭在锅里，自己盛！”

为什么媳妇对他没好脸子？因为他阳痿。女人曾经当着人大声地喊叫：“我算倒了血霉，嫁了这么个东西，害得我守一辈子活寡！”

但是他们也一直没有离婚。

叶德麟是唱丑的，“玩意儿”平常。嗓子不响堂，逢高不起，嘴皮子不脆，在北京他唱不了方巾丑、袍带丑，汤勤、蒋干，都轮不到他唱；贾桂读状，不能读得炒蹦豆似的；婆子戏也不见精彩；来个《卖马》的王老好、《空城计》的老军还对付。老是老军、王老好，吃不了蹦虾仁。树挪死，人挪活，他和几个拜把子弟兄一合计：到南方去闯闯！就凭“京角”这块金字招牌，虽不能大红大紫，怎么着也卖不了胰子[①]。到杭嘉湖、里下河一带去转转，捎带着看看风景，尝尝南边的吃

① 北京的军乐队混不下去，解散了，落魄奏乐手只能拿一支小号在胡同吹奏，卖肥皂，戏班里称他们“卖了胰子”。

食。商定了路线，先到济南、青岛，沿运河到里下河，然后到杭嘉湖。说走就走！回家跟媳妇说一声，就到前门车站买票。

南方山明水秀，吃食各有风味。镇江的肴肉、扬州富春的三丁包子、嘉兴的肉粽、宁波的黄鱼鲞笃肉、绍兴的霉干菜肉，都蛮"崭"。使叶德麟称道不已的是在高邮吃的昂刺鱼汆汤，味道很鲜，而价钱极其便宜。

南方饭菜好吃，戏可并不好唱。里下河的人不大懂戏，他们爱看《九更天》《杀子报》这一类剖肚开膛剁脑袋的戏，对"京字京韵"不欣赏。杭嘉湖人看戏要火爆，真刀真枪，不管书文戏理。包公竟会从三张桌上翻"台漫"下来。观众对从北京来的角儿不满意，认为他们唱戏"弗卖力"。哥几个一商量：回去吧！买了一些土特产，苏州采芝斋的松子糖、陆稿荐的酱肘子、东台的醉泥螺、扁尖笋、黄鱼鲞、霉干菜，大包小包，瓶瓶罐罐上了火车。刨去路费，所剩无几。

进了门，洗了一把脸，就叫媳妇拿碗出门去买芝麻酱，带两根黄瓜、一块豆腐、一瓶二锅头。嚼着黄瓜喝着酒，叶德麟喟然有感：回家了！

"要饱还是家常饭"，叶德麟爱吃面，炸酱面、打卤面、芝麻酱花椒油拌面，全行。他爱吃拌豆腐，就酒。小葱拌豆腐、香椿拌豆腐，什么都没有，一块白豆腐也成，撒点盐、味精，滴几滴香油！

叶德麟这些年走的是"正字"。他参加了国营剧团。他谢绝舞台了，因为他是个汗包，动动就出汗，连来个《野猪林》的解差都是一身汗，连水衣子都湿透了。他得另外走一条路。他是党员，中华人民共和国成立初期就入了党。台上没戏，却很有组织行政才能。几届党委都很信任他。他担任了演员队队长。日常排戏、派活，外出巡回演出、“跑小组”，谁去，谁不去，都得由他决定。谁能到中南海演出，谁不能去，他说了算。到香港演出、到日本演出，更是演员都关心，都想争取的美事——可以长戏份、吃海鲜、开洋荤、看外国姑娘，有谁、没谁，全在队长掂量。叶队长的笔记本是演员的生死簿。

叶德麟也有不顺心的事。

一是儿子老在家里跟他闹。儿子中学毕业，没考上大学，也找不到合适的工作，只能到处打游击，这儿干两天，那儿干两天。儿子认为他混成这相，全得由他老子负责。他说老子对他的事不使劲，只顾自己保官，不管儿女前途。他变得脾气暴躁，蛮不讲理，一点小事就大喊大叫，说话非常难听。动不动就摔盘子打碗。叶德麟气得浑身发抖，无可奈何。

一件是出国演出没有他。剧团要去澳大利亚演出，叶德麟忙活了好一阵，添置服装、灯光器械、定“人位”——出国名额要压缩，有些群众演员必须赶两三个角色。却没有叶德麟！这对他的打击可太大了。他差一点当场晕死过去。他被送进了医院：血压猛增，心绞痛发作。

住了半个月院，出院了。

他有时还到团里来，到医务室量量血压、要点速效救心丸。自我解嘲：血压高了，降压灵加点剂量；心脏不大舒服，多来一瓶“速效救心”！他坐在小会议室里，翻翻报。他也希望有人陪他聊聊，路过的爷们跟他也招呼招呼，只是都是淡淡的，“卖羊头的回家——不过细盐（言）”。

快过年了。他儿子给他买了两瓶好酒，一瓶“古井贡”，一瓶“五粮液”，他儿子的工作问题解决了，他学会开车，在一个公司当司机，有了稳定的收入。叶德麟拿了这两瓶酒，说：“得嘞！”这句话说得很凄凉。这里面有多重意义、无限感慨。一是有这两瓶酒，这个年就可以过得美美的。儿子还是儿子，还有点孝心；二是他使尽一辈子心机，到了有此结局，也就可以了。

叶德麟死了，大面积心肌梗死急性发作。

照例要开个追悼会，但是参加的人稀稀落落，叶德麟人缘不好，大家对他都没有什么感情。为什么会这样呢？

因为他对谁都也没有感情。他是一个无情的人。

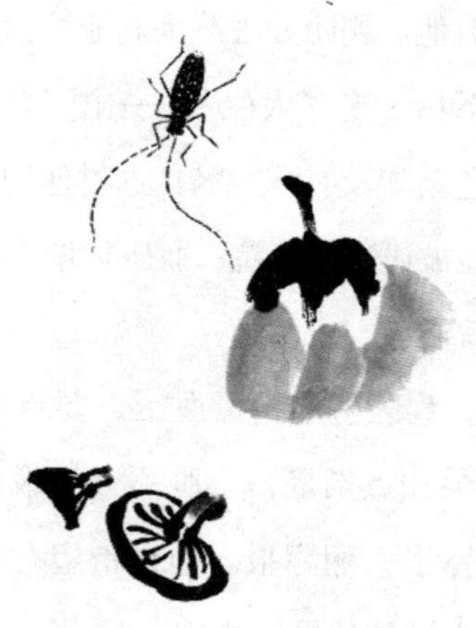

靳元戎也是唱丑的，岁数和叶德麟差不多，脾气秉性可很不相同。

靳元戎凡事看得开。“四人帮”时期，他被精简了下来，下放干校劳动。他没有满腹牢骚，唉声叹气，而是活得有滋有味，自得其乐。干校地里有很多麻雀，他结了一副拦网，逮麻雀，一天可以逮百十只，撕了皮，酱油、料酒、花椒大料腌透，入油酥炸，下酒。干校有很多蚂蚱，一会儿可捉一口袋，摘去翅膀，在瓦片上焙干，卷烙饼。

他说话很“葛”。

干校来了个“领导”。他也没有什么名义，不知道为什么当了“领导”。此人姓高，在市委下面的机关转来转去，都是没有名义的“领导”，搞政治工作，干校都称之为“高政工”。他常常出一些莫名其妙的馊点子。《地道战》里有一句词：“各村都有高招”，于是大家又称之为“高招”。干校本来是让大家来锻炼的，不要求粮量，高招却一再宣传增产。年初定生产计划，是他一再要求提高指标。指标一提再提，高政工总是说：“低！太低！”靳元戎提出：“我提一个增产措施：咱们把地掏空了，种两层，上面一层，下面一层。”高政工认真听取了靳元戎的建议，还很严肃地说：“这是个办法！是个办法！”

逮逮麻雀，捉蚂蚱，跟高政工逗逗，几年一晃也就过去了。

“四人帮”垮台，干校解散，各回原单位，靳元戎也回到了剧团。他接替叶德麟，当了演员队队长。

他群众关系不错。他的处世原则只有两条：一，秉公办事；二，平等待人。对谁的称呼都一样：“爷们儿”。

他好吃，也会做。有时做几个菜，约几个人上家里来一顿。他是回民，做的当然都是清真菜：炸卷果、炮糊（炮羊肉炮至微糊）、它似蜜、烧羊腿、羊尾巴油炒麻豆腐。有一次煎了几铛鸡肉馅的锅贴，是从在鸡场当场长的老朋友那儿提回来的大骟鸡，撕净筋皮，用刀背细剁成茸，加葱汁、盐、黄酒，其余什么都不搁，那叫一个绝！

他好喝，四两衡水老白干没有问题。他得过心绞痛，还是照喝不误。有人劝他少喝一点，他说："没事，我喝足了，就心绞不疼了。"——这是一种奇怪的语法。他常用这种不通的语言讲话，有个小青年说："'心绞不疼'，这叫什么话！"他的似乎不通的语言多着呢！

他喝酒有个习惯，先铺好炕，喝完了，把炕桌往边上一踢，伸开腿就进被窝，随即鼾声大作。熟人知道他这个脾气，见他一钻被窝，也就放筷子走人，明儿见！

他现在还活着，但已是满头白发，老矣。

一九九六年九月初

载一九九六年第六期《当代》

08 果园杂记

涂白

一个孩子问我：干吗把树涂白了？

我从前也非常反对把树涂白了，以为很难看。

后来我到果园干了两年活，知道这是为了保护树木过冬。

把牛油、石灰在一个大铁锅里熬得稠稠的，这就是涂白剂。我们拿了棕刷，担了一桶一桶的涂白剂，给果树涂白。要涂得很仔细，特别是树皮有伤损的地方、坑坑洼洼的地方，要涂到，而且要涂得厚厚的，免得来年存留雨水，窝藏虫蚁。

涂白都是在冬日的晴天。男的、女的，穿了各种颜色的棉衣，在脱尽了树叶的果林里劳动着。大家的心情都很开朗，很高兴。

涂白是果园一年最后的农活了。涂完白，我们就很少到果园里来了。这以后，雪就落下来了。果园一冬天埋在雪里。从此，我就不反对涂白了。

粉蝶

我曾经做梦一样在一片盛开的茼蒿花上看见成千上万的粉蝶——在我童年的时候。那么多的粉蝶，在深绿的蒿叶和金黄的花瓣上乱纷纷地飞着，看得我想叫，想把这些粉蝶放在嘴里嚼，我醉了。

后来我知道这是一场灾难。

我知道粉蝶是菜青虫变的。

菜青虫吃我们的圆白菜。那么多的菜青虫！而且它们的胃口那么好，食量那么大。它们贪婪地、迫不及待地、不停地吃，吃得菜地里沙沙地响。一上午的工夫，一地的圆白菜就叫它们咬得全是窟窿。

我们用DDT喷它们，使劲地喷它们。DDT的激流猛烈地射在菜青虫身上，它们滚了几滚，僵直了，噗的一声掉在了地上，我们的心里痛快极了。我们是很残忍的，充满了杀机。

但是粉蝶还是挺好看的。在散步的时候，草丛里飞着两个粉蝶，我现在还时常要停下来看它们半天。我也不反对国画家用它们来点缀画面。

波尔多液

喷了一夏天的波尔多液，我的所有的衬衫都变成浅蓝色的了。

硫酸铜、石灰，加一定比例的水，这就是波尔多液。波尔多液是很好看的，呈天蓝色。过去有一种浅蓝的阴丹士林布，就是那种颜色。这是一个果园的看家的农药，一年不知道要喷多少次。不喷波尔多液，就不成其为果园。波尔多液防病，能保证水果的丰收。果农都知道，喷波尔多液虽然费钱，却是划得来的。

这是个细致的活。把喷头绑在竹竿上，把药水压上去，喷在梨树叶子上、苹果树叶子上、葡萄叶子上。要喷得很均匀，不多，也不少。喷多了，药水的水珠糊成一片，挂不住，流了；喷少了，不管用。树叶的正面、反面都要喷到。这活不重，但是干完了，眼睛、脖颈，都是酸的。

我是个喷波尔多液的能手。大家叫我总结经验。我说：一、我干不了重活，这活我能胜任；二、我觉得这活有诗意。

为什么叫它“波尔多液”呢？——中国的老果农说这个外国名字已经说得很顺口了。这有个故事。

波尔多是法国的一个小城，出马铃薯。有一年，法国的马铃薯都得了晚疫病——晚疫病很厉害，得了病的薯地像火烧过一样，只有波尔多的马铃薯却安然无恙。大伙琢磨，这是什么道理呢？原来波尔多城外有一个铜矿，有一条小河从矿里流出来，河床是石灰石的。这水蓝蓝的，是不能吃的，农民用它来浇地。莫非就是这条河，使波尔多的马铃薯不得疫病？于是世界上就有了波尔多液。

中国的老农现在说这个法国名字也说得很顺口了。

去年，有一个朋友到法国去，我问他到过什么地方，他很得意地说：波尔多！

我也到过波尔多，在中国。

09 坝上

风梳着莜麦沙沙地响，

山药花翻滚着雪浪。

走半天见不到一个人，

这就是俺们的坝上。

——旧作《旅途》

香港人知道坝上的大概不多，但是不少人知道口蘑。口蘑的集散地在张家口市，但是出产在张家口地区的坝上。

张家口地区分坝上、坝下两个部分。我原来以为“坝”是水坝，不是的。所谓坝是一溜大山，齐齐的，远看倒像是一座大坝。坝上坝下，海拔悬殊。坝下七百米，坝上一千四，几乎是直上直下。汽车从万全县起爬坡，爬得很吃力。一上坝，就忽然开得轻快起来，撒开了欢。坝上是台地，非常平。北方人形容地面之平，说是平得像案板一样。而且非常广阔，一望无际。坝上下，温度也极悬殊。我上坝在九月初，原来穿的是衬衫，一上坝就披起了薄棉袄。坝上冬天冷到零下四十摄氏度。冬天上坝，汽车站都要检查乘客有没有大皮袄，曾经有人冻死在车上过。

坝上的地块极大。多大？说是有人牵了一头黄牛去犁地，犁了一趟回来，黄牛带回一只小牛犊，已经都三岁了！

坝上的农作物也和坝下不同，不种高粱、玉米，种莜麦、胡麻、山

药。莜麦和西藏的青稞麦是一类的东西，有点像做麦片的燕麦。这种庄稼显得非常干净，看起来像洗过一样，梳过一样。胡麻开着蓝花，像打着一把一把小伞，很秀气。山药即马铃薯。香港人是见过马铃薯的，但是种在地里的马铃薯恐怕见过的人不多。马铃薯开了花，真是像翻滚着雪浪。

坝上有草原，多马、牛、羊。坝上的羊肉不膻，因为羊吃了野葱，自己已经把膻味解了。据说过去北京东来顺涮羊肉的羊都是从坝上赶了去的。——不是用车运，而是雇人成群地赶去的。羊一路走，一路吃草，到北京才不掉膘。

口蘑很奇怪，长在一定的地方，不是到处长。长蘑菇的地方叫作“蘑菇圈”。在草地上远远看去，有一圈草特别绿，那就是蘑菇圈。蘑菇圈是正圆的。蘑菇就长在这一圈草里。——圈里不长，圈外也不长。有人说这地方过去曾扎过蒙古包，蒙古人把吃剩的肉汤、骨头丢在蒙古包周围，这一圈土特别肥，所以长蘑菇。但据研究蘑菇的专家告诉我，兹说不可信。我采过蘑菇。下过雨，出了太阳，空气潮暖，蘑菇就出来了。从土里顶出一个小小的白帽，雪白的。哈，蘑菇！我第一次采到蘑菇，其惊喜不下于小时候第一次钓到一条鱼。

口蘑品种很多。伞盖背面菌丝作紫黑色的，叫“黑片蘑”，品最次。比较名贵的是青腿子、鸡腿子、白蘑。我曾亲自采到一个白蘑，晾干了，带回北京。一个白蘑做了一大碗汤，一家人都喝了，都说：“鲜极了！”口蘑要干制了才好吃，鲜口蘑不好吃，不像云南的鸡坳或冬菇。我在井冈山吃过才摘的鲜冬菇，风味绝佳，无可比拟。

坝上还出百灵。过去有那种游手好闲、不好好种地的人，即靠采蘑菇和扣百灵为生。百灵为什么要“扣”呢？因为它是落在地面上的。百灵的爪子不能拳曲，不能栖息在树上——抓不住树枝。养百灵的笼里不要栖棍，只有一个“台”，百灵想唱歌，就登台表演。至于怎样“扣”，我则未闻其详。关里的百灵很多都是从“口外”去的。但是口外百灵到了关里得经过一段时间的调教，否则它叫起来带有口外的口音。咦，鸟还有乡音呀？

辑二 人总要爱着点什么

01 “揉面”
——谈语言

语言是艺术

语言本身是艺术，不只是工具。

写小说用的语言，文学的语言，不是口头语言，而是书面语言。是视觉的语言，不是听觉的语言。有的作家的语言离开口语较远，比如鲁迅；有的作家的语言比较接近口语，比如老舍。即使是老舍，我们可以说他的语言接近口语，甚至是口语化，但不能说他用口语写作，他用的是经过加工的口语。老舍是北京人，他的小说里用了很多北京话。陈建功、林斤澜、中杰英的小说里也用了不少北京话。但是他们并不是用北京话写作。他们只是吸取了北京话的词汇，尤其是北京人说话的神气、劲头、“味儿”。他们在北京人说话的基础上创造了各自的艺术语言。

小说是写给人看的，不是写给人听的。

外国人有给自己的亲友读自己的作品的习惯。普希金给老保姆读过诗。屠格涅夫给托尔斯泰读过自己的小说。效果不知如何。中国字不是拼音文字。中国的有文化的人，与其说是用汉语思维，不如说是用汉字思维。汉字的同音字又非常多。因此，很多中国作品不太宜于朗诵。

比如鲁迅的《高老夫子》：

> 他大吃一惊，至于连《中国历史教科书》也失手落在地上了，

因为脑壳上突然遭到了什么东西的一击。他倒退两步，定睛看时，一枝夭斜的树枝横在他的面前，已被他的头撞得树叶都微微发抖。他赶紧弯腰去拾书本，书旁边竖着一块木牌，上面写道——

桑
桑　科

看小说看到这里，谁都忍不住失声一笑。如果单是听，是觉不出那么可笑的。

有的诗是专门写来朗诵的，但是有的朗诵诗阅读的效果比耳听还更好一些。比如柯仲平的诗：

人在冰上走，
水在冰下流……

这写得很美。但是听朗诵的都是识字的，并且大都是有一定的诗的素养的，他们还是把听觉转化成视觉的（人的感觉是相通的），实际还是在想象中看到了那几个字。如果叫一个不识字的，没有文学素养的普通农民来听，大概不会感受到那样的意境，那样浓厚的诗意。“老妪都解”不难，叫老妪都能欣赏就不那么容易。“离离原上草”，老妪未必都能击节。

我是不太赞成电台朗诵诗和小说的，尤其是配了乐。我觉得这常常限制了甚至损伤了原作的意境。听这种朗诵总觉得是隔着袜子挠痒痒，很不过瘾，不若直接看书痛快。

文学作品的语言和口语最大的不同是精练。高尔基说契诃夫可以用一个字说了很多意思。这在说话时很难办到，而且也不必要。过于简练，甚至使人听不明白。张寿臣的单口相声，看印出来的本子，会觉得很啰唆，但是说相声就得那么说，才明白。反之，老舍的小说也不能当相声来说。

其次还有字的颜色、形象、声音。

中国字原来是象形文字，它包含形、音、义三个部分。形、音，是会对义产生影响的。中国人习惯于望“文”生义。“浩瀚”必非小水，“涓涓”定是细流。木玄虚的《海赋》里用了许多三点水的字，许多模拟水的声音的词，这有点近于魔道。但是中国字有这些特点，是不能不注意的。

说小说的语言是视觉语言，不是说它没有声音。前已说过，人的感觉是相通的。声音美是语言美的很重要的因素。一个有文学修养的人，对文字训练有素的人，是会直接从字上“看”出它的声音的。中国语言因为有“调”，即“四声”，所以特别富于音乐性。一个搞文字的人，不能不讲一点声音之道。“前有浮声，则后须切响”，沈约把语言声音的规律概括得很扼要。简单地说，就是平仄声要交错使用。一句话都是平声或都是仄声，一顺边，是很难听的。京剧《智取威虎山》里有一句唱词，原来是“迎来春天换人间”，毛主席给改了一个字，把“天”字改成“色”字。有一点旧诗词训练的人都会知道，除了“色”字更具体之外，全句声音上要好听得多。原来全句六个平声字，声音太飘，改一个声音沉重的“色”字，一下子就扳过来了。写小说不比写诗词，不能有那样严的格律，但不能不追求语言的声音美，要训练自己的耳朵。一个写小说的人，如果学写一点旧诗、曲艺、戏曲的唱词，是有好处的。

外国话没有四声，但有类似中国的双声叠韵。高尔基曾批评一个作家的作品，说他用“咝”音的字太多，很难听。

中国语言里还有对仗这个东西。

中国旧诗用五七言，而文章中多用四六字句。骈体文固然是这样，骈四俪六；就是散文也是这样。尤其是四字句。四字句多，几乎成了汉语的一个特色。没有一篇文章找不出大量的四字句。如果有意避免四字句，便会形成一种非常奇特的拗体，适当地运用一些四字句，可以造成文章的稳定感。

我们现在写作时所用的语言，绝大部分是前人已经用过，在文章里写过的。有的语言，如果知道它的来历，便会产生联想，使这一句话有更丰富的意义。比如毛主席的诗：“落花时节读华章”，如果不知出处，“落花时节”，就只是落花的时节。如果读过杜甫的诗：“岐王宅里寻常见，崔九堂前几度闻。正是江南好风景，落花时节又逢君”，就会知道“落花时节”就包含着久别重逢的意思，就可产生联想。《沙家浜》里有两句唱词：“垒起七星灶，铜壶煮三江”，是从苏东坡的诗“大瓢贮月归春瓮，小杓分江入夜瓶”脱胎出来的。我们许多的语言，自觉或不自觉地，都是从前人的语言中脱胎而出的。如果平日留心，积学有素，就会如有源之水，触处成文。否则就会下笔枯窘，想要用一个词句，一时却找它不出。

语言是要磨炼，要学的。

怎样学习语言？——随时随地。

首先是向群众学习。

我在张家口听见一个饲养员批评一个有点个人英雄主义的组长：“一个人再能，当不了四堵墙。旗杆再高，还得有两块石头夹着。”

我觉得这是很好的语言。

我刚到北京京剧团不久，听见一个同志说：“有枣没枣打三杆，你知道哪块云彩里有雨啊？”

我觉得这也是很好的语言。

一次，我回乡，听家乡人谈过去运河的水位很高，说是站在河堤上可以“踢水洗脚”，我觉得这非常生动。

我在电车上听见一个幼儿园的孩子念一首大概是孩子们自己编的儿歌：

山上有个洞，
洞里有个碗，
碗里有块肉，
你吃了，我尝了，
我的故事讲完了！

他翻来覆去地念，分明从这种语言的游戏里得到很大的快乐。我反复地听着，也能感受到他的快乐。我觉得这首几乎是没有意义的儿歌的音节很美。我也琢磨出中国语言除了押韵之外还可以押调。“尝”“完”并不押韵，但是同是阳平，放在一起，产生一种很好玩的音乐感。

《礼记》的《月令》写得很美。

各地的“九九歌”是非常好的诗。

只要你留心，在大街上，在电车上，从人们的谈话中，从广告招贴上，你每天都能学到几句很好的语言。

其次是读书。

我要劝告青年作者，趁现在还年轻，多背几篇古文，背几首诗词，熟读一些现代作家的作品。

即使是看外国的翻译作品，也注意它的语言。我是从契诃夫、海明威、萨洛扬的语言中学到一些东西的。

读一点戏曲、曲艺、民歌。

我在《说说唱唱》当编辑的时候，看到一篇来稿，一个小戏，人物是一个小炉匠，上场念了两句对子：

风吹一炉火，

锤打万点金。

我觉得很美。

一九四七年，我在上海翻看一本老戏考，有一段滩簧，一个旦角上场唱了一句：

春风弹动半天霞。

我大为惊异：这是李贺的诗！

二十多年前，看到一首傣族的民歌，只有两句，至今忘记不了：

斧头砍过的再生树，

战争留下的孤儿。

巴甫连柯有一句名言："作家是用手思索的。"得不断地写，才能扪触到语言。老舍先生告诉过我，说他有的写，没的写，每天至少要写五百字。有一次我和他一同开会，有一位同志做了一个冗长而空洞的发言，老舍先生似听不听，他在一张纸上把几个人的姓名连缀在一起，编了一副对联：

伏园焦菊隐

老舍黄药眠

一个作家应该从语言中得到快乐，正像电车上那个念儿歌的孩子一样。

董其昌见一个书家写一个便条也很用心，问他为什么这样，这位书家说："即此便是练字。"作家应该随时锻炼自己的语言，写一封信，一个便条，甚至是一个检查，也要力求语言准确合度。

鲁迅的书信、日记，都是好文章。

语言学中有一个术语，叫作"语感"。作家要锻炼自己对于语言的感觉。

王安石曾见一个青年诗人写的诗，绝句，写的是在宫廷中值班，很欣赏。其中的第三句是："日长奏罢长杨赋"，王安石给改了一下，变成"日长奏赋长杨罢"，且说："诗家语必此等乃健。"为什么这样一改就“健”了呢？写小说的，不必写“日长奏赋长杨罢”这样的句子，但要能体会如何便“健”。要能体会峭拔、委婉、流利、安详、沉痛……

建议青年作家研究研究老作家的手稿，琢磨他为什么改两个字，为什么要把那两个字颠倒一下。

“如鱼饮水，冷暖自知”，语言艺术有时是可以意会，难于言传的。

揉面

使用语言，譬如揉面。面要揉到了，才软熟，筋道，有劲儿。水和面粉本来是两不相干的，多揉揉，水和面的分子就发生了变化。写作也是这样。下笔之前，要把语言在手里反复团弄。我的习惯是，打好腹稿。我写京剧剧本，一段唱词，二十来句，我是想得每一句都能背下来，才落笔的。写小说，要把全篇大体想好。怎样开头，怎样结尾，都想好。在写每一段之间，我是想得几乎能背下来，才写的（写的时候自然会又有些变化）。写出后，如果不满意，我就把原稿扔在一边，重新写过。我不习惯在原稿上涂改。在原稿上涂改，我觉得很别扭，思路纷杂，文气不贯。

曾见一些青年同志写作，写一句，想一句。我觉得这样写出来的语言往往是松的，散的，不成“个儿”，没有咬劲。

有一位评论家说我的语言有点特别，拆开来看，每一句都很平淡，放在一起，就有点味道。我想谁的语言不是这样？拆开来，不都是平平常常的话？

中国人写字，除了书法，还讲究“行气”。包世臣说王羲之的字，看起来大大小小，单看一个字，也不见怎么好，放在一起，字的笔画之间，字与字之间，就如“老翁携带幼孙，顾盼有情，痛痒相关”。安排语言，也是这样。一个词，一个词；一句，一句；痛痒相关，互相映带，才能姿势横生，气韵生动。

中国人写文章讲究“文气”，这是很有道理的。

自铸新词

托尔斯泰称赞过这样的语言：“菌子已经没有了，但是菌子的气味留在空气里”，以为这样写得很美。好像是屠格涅夫曾经这样描写一棵大树被伐倒：“大树叹息着，庄重地倒下了。”这写得非常真实。“庄重”真好！我们来写，也许会写出“慢慢地倒下”“沉重地倒下”，写不出“庄重”。鲁迅的《药》这样描写枯草：“枯草支支直立，有如铜丝。”大概还没有一个人用“铜丝”来形容过稀疏瘦硬的秋草。《高老夫子》里有这样几句话：“我没有再教下去的意思。女学堂真不知道要闹成什么样子。我辈正经人，确乎犯不上酱在一起……”“酱在一起”，真是妙绝（高老夫子是绍兴人。如果写的是北京人，就只能说“犯不上一块掺和”，那味道可就差远了）。

我的老师沈从文在《边城》里两次写翠翠拉船，所用字眼不一样。一次是：

有时过渡的是从川东过茶峒的小牛，是羊群，是新娘子的花轿，翠翠必争着做渡船夫，站在船头，懒懒地攀引缆索，让船缓缓地过去。

又一次：

翠翠斜睨了客人一眼，见客人正盯着她，便把脸背过去，抿着嘴儿，不声不响，很自负地拉着那条横缆。

“懒懒地”“很自负地”，都是很平常的字眼，但是没有人这样用过。要知道盯着翠翠的客人是翠翠喜欢的傩送二老，于是“很自负地”四个字在这里就有了很多很深的意思了。

我曾在一篇小说里描写过火车的灯光：“车窗蜜黄色的灯光连续地映在果园东边的树墙子上，一方块，一方块，川流不息地追赶着”；在另一篇小说里描写过夜里的马：“正在安静地、严肃地咀嚼着草料”，自以为写得很贴切。“追赶”“严肃”都不是新鲜字眼，但是它表达了我自己在生活中捕捉到的印象。

一个作家要养成一种习惯，时时观察生活，并把自己的印象用清晰的、明确的语言表达出来。写下来也可以。不写下来，就记住（真正用自己的眼睛观察到的印象是不易忘记的）。记忆里保存了这种常用语言固定住的印象多了，写作时就会从笔端流出，不觉吃力。

语言的独创，不是去杜撰一些“谁也不懂的形容词之类”。好的语言都是平平常常的，人人能懂，并且也可能说得出来的语言——只是他没有说出来。人人心中所有，笔下所无。“红杏枝头春意闹”“满宫明月梨花白”都是这样。“闹”字、“白”字，有什么稀奇呢？然而，未经人道。

写小说不比写散文诗，语言不必那样精致。但是好的小说里总要有一点散文诗。

语言要和人物贴近

我初学写小说时喜欢把人物的对话写得很漂亮，有诗意，有哲理，有时甚至很“玄”。沈从文先生对我说：“你这是两个聪明脑壳打架！”他的意思是说这不像真人说的话。托尔斯泰说过：“人是不能用警句交谈的。”

尼采的“苏鲁支语录”是一个哲人的独白。纪伯伦的《先知》讲的是一些箴言。这都不是人物的对话。《朱子语类》是讲道德，谈学问，倒是谈得很自然，很亲切，没有那么多道学气，像一个活人说的话。我劝青年同志不妨看看这本书，从里面可以学习语言。

《史记》里用口语记述了很多人的对话，很生动。“伙颐，涉之为王沉沉者！”写出了陈涉的乡人乍见皇帝时的惊叹（“伙颐”历来的注家解释不一，我以为这就是一个状声的感叹词，用现在的字写出来就是：“嗬咦!”）。《世说新语》里记录了很多人的对话，寥寥数语，风度宛然。张岱记两个老者去逛一处林园，婆娑其间，一老者说：“真是蓬莱仙境了也！”另一个老者说：“个边哪有这样！”生动之至，而且一听就是绍兴话。《聊斋志异·翩翩》写两个少妇对话：“一日，有少妇笑入！曰：‘翩翩小鬼头快活死！薛姑子好梦几时做得？’女迎笑曰：‘花城娘子，贵趾久弗涉，今日西南风紧，吹送来也——小哥子抱得未？’曰：‘又一小婢子。’女笑曰：‘花娘子瓦窑哉！——那弗将来？’曰：‘方呜之，睡却矣。’”这对话是用文言文写的，但是神态跃然纸上。

写对话就应该这样，普普通通，家长里短，有一点人物性格、神态，不能有多少深文大义。——写戏稍稍不同，戏剧的对话有时可以“提高”一点，可以讲一点“字儿话”，大篇大论，讲一点哲理，甚至可以说格言。

可是现在不少青年同志写小说时，也像我初学写作时一样，喜欢让人物讲一些他不可能讲的话，而且用了很多辞藻。有的小说写农民，讲的却是城里的大学生讲的话——大学生也未必那样讲话。

不单是对话，就是叙述、描写的语言，也要和所写的人物“靠”。

我最近看了一个青年作家写的小说，小说用的是第一人称，小说中的“我”是一个才入小学的孩子，写的是“我”的一个同桌的女同学，这未尝不可。但是这个“我”对他的小同学的印象却是：“她长得很纤秀。”这是不可能的。小学生的语言里不可能有这个词。

有的小说，是写农村的。对话是农民的语言，叙述却是知识分子的语言，叙述和对话脱节。

小说里所描写的景物，不但要是作者眼中所见，而且要是所写的人物的眼中所见。对景物的感受，得是人物的感受。不能离开人物，单写作者自己的感受。作者得设身处地，和人物感同身受。小说的颜色、声音、形象、气氛，得和所写的人物水乳交融，浑然一体。就是说，小说的每一个字，都渗透了人物。写景，就是写人。

契诃夫曾听一个农民描写海，说：“海是大的。”这很美。一个农民眼中的海也就是这样。如果在写农民的小说中，有海，说海是如何苍茫、浩瀚、蔚蓝……统统都不对。我曾经坐火车经过张家口坝上草原，有几里地，开满了手掌大的蓝色的马兰花，我觉得真是到了一个童话的世界。我后来写一个孩子坐牛车通过这片地，本是顺理成章，可以写成：他觉得到了一个童话的世界。但是我不能这样写，因为这个孩子是个农村的孩子，他没有念过书，在他的语言里没有"童话"这样的概念。我只能写：他好像在一个梦里。我写一个从山里来的放羊的孩子看一个农业科学研究所的温室，温室里冬天也结黄瓜，结西红柿：西红柿那样红，黄瓜那样绿，好像上了颜色一样。我只能这样写。"好像上了颜色一样"，这就是这个放羊娃的感受。如果稍微写得华丽一点，就不真实。

有的作者有鲜明的个人风格，可以不用署名，一看就知是某人的作品。但是他的各篇作品的风格又不一样。作者的语言风格每因所写的人物、题材而异。契诃夫写《万卡》和写《草原》《黑修士》所用的语言是很不相同的。作者所写的题材愈广泛，他的风格也是愈易多样。

我写《徙》里用了一些文言的句子，如"呜呼，先生之泽远矣"，"墓草萋萋，落照昏黄，歌声犹在，斯人邈矣"。因为写的是一个旧社会的国文教员。写《受戒》《大淖记事》，就不能用这样的语言。

作者对所写的人物的感情、态度，决定一篇小说的调子，也就是风格。鲁迅写《故乡》《伤逝》和《高老夫子》《肥皂》的感情很不一样。对闰土、涓生有深浅不同的同情，而对高尔础、四铭则是不同的厌恶。因此，调子也不同。高晓声写《拣珍珠》和《陈奂生上城》的调子不同，王蒙的《说客盈门》和《风筝飘带》几乎不像是一个人写的。我写的《受戒》《大淖记事》，抒情的成分多一些，因为我很喜爱所写的人，《异秉》里的人物很可笑，也很可悲悯，所以文体上也就亦庄亦谐。

我觉得一篇小说的开头很难，难的是定全篇的调子。如果对人物的感情、态度把握住了，调子定准了，下面就会写得很顺畅。如果对人物的感情、态度把握不稳，心里没底，或是有什么顾虑，往往就会觉得手生荆棘，有时会半途而废。

作者对所写的人、事，总是有个态度，有感情的。在外国叫作“倾向性”，在中国叫作“褒贬”。但是作者的态度、感情不能跳出故事去单独表现，只能融化在叙述和描写之中，流露于字里行间，这叫作“春秋笔法”。

正如恩格斯所说：倾向性不要特别地说出。

一九八二年一月八日

载一九八二年第三期《花溪》

02 鉴赏家

全县第一个大画家是季匋民，第一个鉴赏家是叶三。

叶三是个卖果子的。他这个卖果子的和别的卖果子的不一样。不是开铺子的，不是摆摊的，也不是挑着担子走街串巷的。他专给大宅门送果子。也就是给二三十家送。这些人家他走得很熟，看门的和狗都认识他。到了一定的日子，他就来了。里面听到他敲门的声音，就知道：是叶三。挎着一个金丝篾篮，篮子上插一把小秤，他走进堂屋，扬声称呼主人。主人有时走出来跟他见见面，有时就隔着房门说话。“给您称——？”——“五斤。”什么果子，是看也不用看的，因为到了什么节令送什么果子都是一定的。叶三卖果子从不说价。买果子的人家也总不会亏待他。有的人家当时就给钱，大多数是到节下（端午、中秋、新年）再说。叶三把果子称好，放在八仙桌上，道一声“得罪”，就走了。他的果子不用挑，个个都是好的。他的果子的好处，第一是得四时之先。市上还没有见这种果子，他的篮子里已经有了。第二是都很大，都均匀，很香，很甜，很好看。他的果子全都从他手里过过，有疤的，有虫眼的，挤筐、破皮、变色、过小的全都剔下来，贱价卖给别的果贩。他的果子都是原装，有些是直接到产地采办来的，都是“树熟”，不是在米糠里闷熟了的。他经常出外，出去买果子比他卖果子的时间要多得多。他也很喜欢到处跑。四乡八镇，哪个园子里，什么人家，有一棵什么出名的好果树，他都知道，而且和园主打了多年交道，熟得像是亲家一样了。——别的卖果子的下不了这样的功夫，也不知道这些路道。到处走，能看很多好景致，知道各地乡风，可资谈助，对身体也好。他很少得病，就是因为路走得多。

立春前后，卖青萝卜。“棒打萝卜”，摔在地下就裂开了。杏子、桃子下来时卖鸡蛋大的香白杏，白得像一团雪，只嘴儿以下有一根红线的“一线红”蜜桃。再下来是樱桃，红的像珊瑚，白的像玛瑙。端午前后，枇杷。夏天卖瓜。七八月卖河鲜：鲜菱、鸡头、莲蓬、花下藕。卖马牙枣、卖葡萄。重阳近了，卖梨：河间府的鸭梨、莱阳的半斤酥，还有一种叫作“黄金坠子”的香气扑人个儿不大的甜梨。菊花开过了，卖金橘，卖蒂部起脐子的福州蜜橘。入冬以后，卖栗子、卖山药（粗如小儿臂）、卖百合（大如拳）、卖碧绿生鲜的檀香橄榄。

他还卖佛手、香橼。人家买去，配架装盘，书斋清供，闻香观赏。

不少深居简出的人，是看到叶三送来的果子，才想起现在是什么节令了的。

叶三卖了三十多年果子，他的两个儿子都成人了。他们都是学布店的，都出了师了。老二是三柜，老大已经升为二柜了。谁都认为老大将来是会升为头柜，并且会当管事的。他天生是一块好材料。他是店里头一把算盘，年终结总时总得由他坐在账房里哔哔剥剥打好几天。接待厂家的客人，研究进货（进货是个大学问，是一年的大计，下年多进哪路货，少进哪路货，哪些必须常备，哪些可以试销，关系全年的盈亏），都少不了他。老二也很能干。量布、撕布（撕布不用剪子开口，两手的两个指头夹着，借一点巧劲，嗤——的一声，布就撕到头了），干净利落。店伙的动作快慢，也是一个布店的招牌。顾客总愿意从手脚麻利的店伙手里买布。这是天分，也靠练习。有人就一辈子都是迟钝笨拙，改不过来。不管干哪一行，都是人比人，这是没有办法的事。弟兄俩都长得很神气，眉清目秀，不高不矮。布店的店伙穿得都很好。什么料子时新，他们就穿什么料子。他们的衣料当然是价廉物美的。他们买衣料是按进货价算的，不加利润；若是零头，还有折扣。这是布店的规矩，也是老板乐为之的，因为店伙穿得时髦，也是给店里装门面的事。有的顾客来买布，常常指着店伙的长衫或翻在外面的短衫的袖子："照你这样的，给我来一件。"

弟兄俩都已经成了家，老大已经有一个孩子——叶三抱孙子了。

这年是叶三五十岁整生日，一家子商量怎么给老爷子做寿。老大老二都提出爹不要走宅门卖果子了，他们养得起他。

叶三有点生气了："嫌我给你们丢人？两位大布店的'先生'，有一个卖果子的老爹，不好看？"

儿子连忙解释："不是的。你老人家岁数大了，老在外面跑，风里雨里，水路旱路，做儿子的心里不安。"

"我跑惯了。我给这些人家送惯了果子。就为了季四太爷一个人，我也得卖果子。"

季四太爷即季匋民。他大排行是老四，城里人都称之为四太爷。

"你们也不用给我做什么寿。你们要是有孝心，把四太爷送我的画拿出去裱了，再给我打一口寿材。"这里有这样一种风俗，早早就把寿材准备下了，为的讨个吉利：添福添寿。于是就都依了他。

叶三还是卖果子。

他真是为了季匋民一个人卖果子的。他给别人家送果子是为了挣钱，他给季匋民送果子是为了爱他的画。

季匋民有一个脾气，一边画画，一边喝酒。喝酒不就菜，就水果。画两笔，凑着壶嘴喝一大口酒，左手拈一片水果，右手执笔接着画。画一张画要喝二斤花雕，吃斤半水果。

叶三搜罗到最好的水果，总是首先给季匋民送去。

季匋民每天一起来就走进他的小书房——画室。叶三不须通报，由一个小六角门进去，走过一条碎石铺成的冰花曲径，隔窗看见季匋民，就提着、捧着他的鲜果走进去。

“四太爷，枇杷，白沙的！”

“四太爷，东墩的西瓜，三白！——这种三白瓜有点梨花香味，别处没有！”

他给季匋民送果子，一来就是半天。他给季匋民磨墨、漂朱膘、研石青石绿、抻纸。季匋民画的时候，他站在旁边很入神地看，专心致意，连大气都不出。有时看到精彩处，就情不自禁地深深吸一口气，甚至小声地惊呼起来。凡是叶三吸气、惊呼的地方，也正是季匋民的得意之笔。季匋民从不当众作画，他画画有时是把书房门锁起来的。对叶三可例外，他很愿意有这样一个人在旁边看着，他认为叶三真懂，叶三的赞赏是出于肺腑，不是假充内行，也不是谀媚。

季匋民最讨厌听人谈画。他很少到亲戚家应酬。实在不得不去的，他也是到一到，喝半盏茶就道别。因为席间必有一些假名士高谈阔论。因为季匋民是大画家，这些名士就特别爱在他面前评书论画，借以卖弄自己高雅博学。这种议论全都是道听途说，似通不通。季匋民听了，实在难受。他还知道，他如果随声答音，应付几句，某一名士就会在别的应酬场所重贩他的高论，且说：“兄弟此言，季匋民亦深为首肯。”

但是他对叶三另眼相看。

季匋民最佩服李复堂[①]。他认为扬州八怪里复堂功力最深，大幅小品都好，有笔有墨，也奔放，也严谨，也浑厚，也秀润，而且不装模作样，没有江湖气。有一天叶三给他送来四开李复堂的册页，使季匋民大吃一惊：这四开册页是真的！季匋民问他是多少钱买的，叶三说没花钱。他到三垛贩果子，看见一家的柜橱的玻璃里镶了四幅画——他在四太爷这里看过不少李复堂的画，能辨认，他用四张“苏州片”[②]跟那家换了。“苏州片”花花绿绿的，又是簇新的，那家还很高兴。

叶三只是从心里喜欢画，他从不瞎评论。季匋民画完了画，钉在壁上，自己负手远看，有时会问叶三：“好不好？”

“好！”

“好在哪里？”

叶三大都能一句话说出好在何处。

季匋民画了一幅紫藤，问叶三。

叶三说：“紫藤里有风。”

“唔！你怎么知道？”

---

① 李复堂，名鲜，字宗扬，复堂是他的号，又号懊道人。他是康熙年间的举人，当过滕县（今山东滕州）知县，因为得罪上级，功名和官都被革掉了，终年只做画师。他作画有时得向郑板桥去借纸，大概是相当穷困的。他本画工笔，是宫廷画家蒋廷锡的高足。后到扬州，改画写意，师法高其佩，受徐青藤、八大、石涛的影响，风度大变，自成一家。

② 仿旧的画，多为工笔花鸟，设色娇艳，旧时多为苏州画工所作，行销各地，故称“苏州片”。苏州片也有仿制得很好的，并不俗气。

“花是乱的。”

“对极了！”

季匋民提笔题了两句词：

深院悄无人，
风拂紫藤花乱。

季匋民画了一张小品：老鼠上灯台。叶三说：“这是一只小老鼠。”

“何以见得。”

“老鼠把尾巴卷在灯台柱上。它很顽皮。”

“对！”

季匋民最爱画荷花。他画的都是墨荷。他佩服李复堂，但是画风和复堂不似。李画多凝重，季匋民飘逸。李画多用中锋，季匋民微用侧笔——他写字写的是章草。李复堂有时水墨淋漓，粗头乱服，意在笔先；季匋民没有那样的恣悍，他的画是大写意，但总是笔意俱到，收拾得很干净，而且笔致疏朗，善于利用空白。他的墨荷参用了张大千，但更为舒展。他画的荷叶不勾筋，荷梗不点刺，且喜作长幅，荷梗甚长，一笔到底。

有一天，叶三送了一大把莲蓬来，季匋民一高兴，画了一幅墨荷，好些莲蓬。画完了，问叶三：“如何？”

叶三说：“四太爷，你这画不对。”

“不对？”

"'红花莲子白花藕'。你画的是白荷花，莲蓬却这样大，莲子饱，墨色也深，这是红荷花的莲子。"

"是吗？我头一回听见！"

季匋民于是展开一张八尺生宣，画了一张红莲花，题了一首诗：

红花莲子白花藕，
果贩叶三是我师。
惭愧画家少见识，
为君破例著胭脂。

季匋民送了叶三很多画。——有时季匋民画了一张画，不满意，团掉了。叶三捡起来，过些日子送给季匋民看看，季匋民觉得也还不错，就略改改，加了题，又送给了叶三。季匋民送给叶三的画都是题了上款的。叶三也有个学名。他五行缺水，起名润生。季匋民给他起了个字，叫泽之。送给叶三的画上，常题"泽之三兄雅正"。有时径题"画与叶三"。季匋民还向他解释：以排行称呼，是古人风气，不是看不起他。

有时季匋民给叶三画了画，说："这张不题上款吧，你可以拿去卖钱——有上款不好卖。"

叶三说："题不题上款都行。不过您的画我不卖。"

"不卖？"

"一张也不卖！"

他把季匋民送他的画都放在他的棺材里。

十多年过去了。

季匋民死了。叶三已经不卖果子，但是他四季八节，还四处寻觅鲜果，到季匋民坟上供一供。

季匋民死后，他的画价大增。日本有人专门收藏他的画。大家知道叶三手里有很多季匋民的画，都是精品。很多人想买叶三的藏画。叶三说："不卖。"

有一天有一个外地人来拜望叶三，叶三看了他的名片，这人的姓很奇怪，姓"辻"，叫"辻听涛"。一问，是日本人。辻听涛说他是专程来看他收藏的季匋民的画的。

因为是远道来的，叶三只得把画拿出来。辻听涛非常虔诚，要了清水洗了手，焚了一炷香，还先对画轴拜了三拜，然后才展开。他一边看，一边不停地赞叹："喔！喔！真好！真是神品！"

辻听涛要买这些画，要多少钱都行。

叶三说："不卖。"

辻听涛只好怅然而去。

叶三死了。他的儿子遵照父亲的遗嘱，把季匋民的画和父亲一起装在棺材里，埋了。

一九八二年二月二十八日

载一九八二年第五期《北京文学》

03 两栖杂述

我是两栖类。写小说，也写戏曲。我本来是写小说的。二十年来在一个京剧院担任编剧。近二三年又写了一点短篇小说。我过去的朋友听说我写京剧，见面时说：“你怎么会写京剧呢？——你本来是写小说的，而且是有点‘洋’的！”他觉得这简直不可思议。有些新相识的朋友，看过我近年的小说后，很诚恳地跟我说：“您还是写小说吧，写什么戏呢！”他们都觉得小说和戏——京剧，是两码事，而且多多少少有点觉得我写京剧是糟蹋自己，为我惋惜。我很感谢他们的心意。有些戏曲界的先辈则希望我还是留下来写戏，当我表示我并不想离开戏曲界时，就很高兴。我也很感谢他们的心意。曹禺同志有一次跟我说：“你还是双管齐下吧！”我接受了他的建议。

我小时候没有想过写戏，也没有想过写小说。我喜欢画画。

我的父亲是个画画的，在我们那个县城里有点名气。我从小就喜欢看他画画。每当他把画画的那间屋子打开（他不常画画），支上窗户，我就非常高兴。我看他研了颜色，磨了墨，铺好了纸；看他抽着烟想了一会儿，对着雪白的宣纸看了半天，用指甲或笔杆的一头在纸上比画比画，画几个道道，定了一幅画的间架章法，然后画出几个“花头”（父亲是画写意花卉的），然后画枝干、布叶、勾筋、补石、点苔，最后再“收拾”一遍，题款，用印，用摁钉钉在壁上，抽着烟对着它看半天。我很用心地看了全过程，每一步都看得很有兴趣。

我从小学到中学，都“以画名”。我父亲有一些石印的和珂罗版印的画谱，我都看得很熟了。放学回家，路过裱画店，我都要进去看看。

高中毕业，我本来是想考美专的。

我到四十来岁还想彻底改行，从头学画。

我始终认为用笔、墨、颜色来抒写胸怀，更为直接，也更快乐。

我到底没有成为一个画家。

到现在我还有爱看画的习惯，爱看展览会。有时兴之所至，特别是运动中挨整的时候，还时常随便涂抹几笔，发泄发泄。

喜欢画，对写小说，也有点好处。一个是，我在构思一篇小说的时候，有点像我父亲画画那样，先有一团情致，一种意向。然后定间架、画“花头”、立枝干、布叶、勾筋……一个是，可以锻炼对于形体、颜色、“神气”的敏感。我以为，一篇小说，总得有点画意。

我是怎样写起小说来的呢?

除了画画，我的“国文”成绩一直很好。从小学五年级到初中三年级，我的国文老师一直是高北溟先生。为了纪念他，我的小说《徙》里直接用了高先生的名字。他的为人、学问和教学的方法也就像我的小说里所写的那样——当然不尽相同，有些地方是虚构的。在他手里，我读过的文章，印象最深的是归有光的《项脊轩志》《先妣事略》。

有几个暑假，我还从韦子廉先生学习过。韦先生是专攻桐城派的。我跟着他，每天背一篇桐城派古文。姚鼐的、方苞的、刘大槐和戴名世的。加在一起，不下百十篇。

到现在，还可以从我的小说里看出归有光和桐城派的影响。归有光以清淡之笔写平常的人情，我是喜欢的（虽然我不喜欢他的正统派思想），我觉得他有些地方很像契诃夫。“桐城义法”，我以为是有道理的。桐城派讲究文章的提、放、断、连、疾、徐、顿、挫，讲“文气”。正如中国画讲“血脉流通”“气韵生动”。我以为“文气”是比“结构”更为内在、更精微的概念，和内容、思想更有有机联系。这是一个很好的、很先进的概念，比许多西方现代美学的概念还要现代的概念。文气是思想的直接的形式。我希望评论家能把“文气论”引进小说批评中来，并且用它来评论外国小说。

我好像命中注定要当沈从文先生的学生。

我读了高中二年级以后，日本人打了邻县，我“逃难”在乡下，住在我的小说《受戒》里所写的小和尚庵里。除了高中教科书，我只带了两本书，一本屠格涅夫的《猎人笔记》，一本上海一家野鸡书店盗印的《沈从文小说选》。我于是翻来覆去地看这两本书。

我到昆明考大学，报了西南联大中国文学系，就是因为这个大学中文系有朱自清先生、闻一多先生，还有沈先生。

我选读了沈先生的三门课：“各体文习作”“中国小说史”和“创作实习”。

我追随沈先生多年，受到教益很多，印象最深的是两句话。

一句是：“要贴到人物来写。”

他的意思不大好懂。根据我的理解，有这样几层意思：

第一，小说是写人物的。人物是主要的，先行的。其余部分都是次要的，派生的。作者要爱所写的人物。沈先生曾说过，对于兵士和农民“怀了不可言说的温爱”。“温爱”，我觉得提得很好。他不说“热爱”，而说“温爱”，我以为这更能准确地说明作者和人物的关系。作者对所写的人物要具有充满人道主义的温情，要有带抒情意味的同情心。

第二，作者要和人物站在一起，对人物采取一个平等的态度。除了讽刺小说，作者对于人物不宜居高临下。要用自己的心贴近人物的心，以人物哀乐为自己的哀乐。这样才能在写作的大部分的过程中，把自己和人物融为一体，语语出自自己的肺腑，也是人物的肺腑。这样才不会做出浮泛的、不真实的、概念的和抄袭借用来的描述。这样，一个作品的形成，才会是人物行动逻辑自然的结果。这个作品是“流”出来的，而不是“做”出来的。人物的身上没有作者为了外在的目的强加于他身上的东西。

第三，人物以外的其他的东西都是附属于人物的。景物、环境，都得服从于人物，景物、环境都得具有人物的色彩，不能脱节，不能游离。一切景物、环境、声音、颜色、气味，都必须是人物所能感受到的。写景，就是写人，是写人物对于周围世界的感觉。这样，才会使一篇作品处处浸透了人物，散发着人物的气息，在不是写人物的部分有人物。

另外一句话是："千万不要冷嘲"。

这是对于生活的态度，也是写作的态度。我在旧社会，因为生活的穷困和卑屈，对于现实不满而又找不到出路，又读了一些西方的现代派的作品，对于生活形成一种带有悲观色彩的尖刻、嘲弄、玩世不恭的态度。这在我的一些作品里也有所流露。沈先生发觉了这点，在昆明时就跟我讲过；我到上海后，又写信给我讲到这点。他要求的是对于生活的"执着"，要对生活充满热情，即使在严酷的现实面前，也不能觉得"世事一无可取，也一无可为"。一个人，总应该用自己的工作，使这个世界更美好一些，给这个世界增加一点好东西。在任何逆境之中也不能丧失对于生活带有抒情意味的情趣，不能丧失对于生活的爱。沈先生在下放咸宁干校时，还写信给黄永玉，说："这里的荷花真好！"沈先生八十岁了，还每天工作十几个小时，完成《中国服饰研究》这样的巨著，就是靠这点对于生活的执着和热情支持着的。沈先生的这句话对我的影响很深。

我是怎样写起京剧剧本来的呢？

我从小爱看京剧，也爱唱唱。我父亲会拉胡琴，我初中一年级的时候就随着他的胡琴唱戏，唱老生，也唱青衣。到读大学时还唱。有个广东同学听到我唱戏，就说："丢那妈，猫叫！"

因为读的是中文系，我后来又学唱了昆曲。

我喜欢看戏，看京剧，也爱看地方戏，特别爱看川剧。

我没有想到过写戏曲剧本。

因为当编辑，编《说说唱唱》，想写作，又下不去，没有生活，不免发牢骚。那年恰好是纪念世界名人吴敬梓，有人就建议我在《儒林外史》里找一个题材，写写京剧剧本，我就写了一个《范进中举》。这个剧本演出了，还在北京市戏曲会演中得了一个奖。

搞文学的人是不大看得起京剧的。

这也难怪。京剧的文学性确实是很差，很多剧本简直是不知所云。前几个月，我在北京，每天到玉渊潭散步，每天听一个演员在练《珠帘寨》的定场诗：

> 李白斗酒诗百篇，
> 长安市上酒家眠。
> 摔死国舅段文楚，
> 唐王一怒贬北番！

李克用和李太白有什么关系呢？

《花田错》里有一句唱词：

> 桃花不比杏花黄……

桃花不黄，杏花也不黄呀！

可是，京剧毕竟是我们的文化遗产呀！而且，就是京剧，也有些很好的东西。比如大家都知道的《四进士》，用了那样多的典型的细节，刻画了宋士杰这样一个独特的人物，这就不用说了。我以为这出戏放在世界戏剧名作之林中，是毫不逊色的。再如《打渔杀家》里萧恩和桂英离家时的对话：

萧恩：开门哪。（出门介）

桂英：爹爹请转。

萧恩：儿呀何事？

桂英：这门还未曾上锁呢。

萧恩：这门喏，关也罢不关也罢。

桂英：里面还有许多动用家具呢。

萧恩：傻孩子呀，门都不要了，要家具作甚哪！

桂英：不要了？

萧恩：不省事的冤家呀……

我觉得这是小说，很好的小说。我觉得写小说的，也是可以从戏曲里学到很多东西的。

戏曲、京剧，有些手法好像是旧。但是中国人觉得它很旧，外国人觉得它很新。比如“自报家门”，这就比用整整一幕戏来介绍人物省事得多。比如布莱希特的“间离效果”说，是受了中国戏曲的启发而提出来的，这很新呀！

我觉得我们不要妄自菲薄，数典忘祖。我们要“以故为新”，从遗产中找出新的东西来，特别是搞西方现代派的同志，我建议他们读一点旧文学，用比较文学的方法研究研究中国的古典文学。我总是希望能把古今中外熔为一炉。

我搞京剧，有一个想法，很想提高一下京剧的文学水平，提高其可读性，想把京剧变成一种现代艺术，可以和现代文学作品放在一起，使人们承认它和王蒙的、高晓声的、林斤澜的、邓友梅的小说是一个水平的东西，只不过形式不同。

搞搞京剧还有一个好处，即知道戏和小说是两种东西（当然又是相通的）。戏要夸张，要强调；小说要含蓄，要淡远。李笠翁说写诗文不可说尽，十分只能说二三分；写戏剧必须说尽，十分要说到十分。这是很有见地的话。托尔斯泰说人是不能用警句交谈的，这是指的小说；戏里的人物是可以用警句交谈的。因此，不能把小说写得像戏，不能有太多情节、太多的戏剧性。如果写的是一篇戏剧性很强的小说，那你不如干脆写成戏。

以上是一个两栖类的自白。

除了搞戏，我还搞过曲艺，编过《说说唱唱》；搞过民间文学，编了好几年《民间文学》。“文革”以后，我发表的第一篇作品不是小说，而是民间文学的论文，而且和甘肃有点关系，是《“花儿”的格律》。我觉得这对写小说没有坏处。特别是民间文学，那真是一个宝库。我甚至可以武断地说，不读一点民歌和民间故事，是不能成为一个好小说家的。

我这个两栖类，这个“杂家”有点什么经验？一个是要尊重、热爱祖国的文学艺术传统；一个是兼收并蓄，兴趣更广泛一些，知识更丰富一些。

我希望有更多的两栖类，希望诗人、小说家都来写写戏曲。

04 我是怎样和戏曲结缘的

有一位老朋友，三十多年不见，知道我在京剧院工作，很诧异，说："你本来是写小说的，而且是有点'洋'的，怎么会写起京剧来呢？"我来不及和他详细解释，只是说："这并不矛盾。"

我们家乡是个小县城，没有什么娱乐。除了过节，到亲戚家参加婚丧庆吊，便是看戏。小时候，只要听见哪里锣鼓响，总要钻进去看一会儿。

我看过戏的地方很多，给我留下较深的印象的，是两处。

一处是螺蛳坝。坝下有一片空场子。刨出一些深坑，植上粗大的杉篙，铺了木板，上面盖一个席顶，这便是戏台。坝前有几家人家，织芦席的，开茶炉的……门外都有相当宽绰的瓦棚。这些瓦棚里的地面用木板垫高了，摆上长凳，这便是"座"。——不就座的就都站在空地上仰着头看。有一年请来一个比较整齐的戏班子。戏台上点了好几盏雪亮的汽灯，灯光下只见那些簇新的行头，五颜六色，金光闪闪，煞是好看。除了《赵颜借寿》《八百八年》等开锣吉祥戏，正戏都唱了些什么，我已经模糊了。印象较真切的，是一出《小放牛》，一出《白水滩》。我喜欢《小放牛》的村姑的一身装束，唱词我也大部分能听懂。像"我用手一指，东指西指，南指北指，杨柳树上挂着一个大招牌……""杨柳树上挂着一个大招牌"，到现在我还认为写得很美。这是一幅画，提供了一个春风骀荡的恬静的意境。我常想，我自己的唱词要是能写得像这样，我就满足了。《白水滩》这出戏，我觉得别具一种诗意，有一种凄凉的美。十一郎的扮相很美。我写的《大淖记事》里的十一子，和十一郎是有着某种潜在的联系的。可以说，如果我小时候没有看过《白水滩》，就写不出后来的十一子。这个戏班里唱青面虎的花脸很能摔。他能接连摔好多个“踝子”。每摔一个，台下叫好。他就跳起来摘一个“红封”揣进怀里——台上横拉了一根铁丝，铁丝上挂了好些包着红纸的“封子”，内装铜钱或银角子。凡演员得一个“好”，就可以跳起来摘一封。另外还有一出，是《九更天》。演《九更天》那天，开戏前即将钉板竖在台口，还要由一个演员把一只活鸡拽钉在板上，以示铁钉的锋利。那是很恐怖的。但我对这出戏兴趣不大，一个老头儿，光着上身，抱了一只钉板在台上滚来滚去，实在说不上美感。但是台下可“炸了窝”了！

另一处是泰山庙。泰山庙供着东岳大帝。这东岳大帝不是别人，是《封神榜》里的黄霓。东岳大帝坐北朝南，大殿前有一片很大的砖坪，迎面是一个戏台。戏台很高，台下可以走人。每逢东岳大帝的生日——我记不清是几月了，泰山庙都要唱戏。约的班子大都是里下河的草台班子，没有名角，行头也很旧。旦角的水袖上常染着洋红水的点子——这是演《杀子报》时的“彩”溅上去的。这些戏班，没有什么准纲准词，常常由演员在台上随意瞎扯。许多戏里都无缘无故出来一个老头，一个老太太，念几句数板，而且总是那几句：

人老了，人老了，

人老先从哪块老？

人老先从头上老：

白头发多，黑头发少。

人老了，人老了，

人老先从哪块老？

人老先从牙齿老：

吃不动的多，吃得动的少。

他们的京白、韵白都带有很重的里下河口音，而且很多戏里都要跑鸡毛报：两个差人，背了公文卷宗，在台上没完没了地乱跑一气。里下河的草台班子受徽戏影响很大，他们常唱《扫松下书》。这是一出冷戏，一到张广才出来，台下观众就都到一边喝豆腐脑去了。他们又受了海派戏的影响，什么戏都可以来一段“五音联弹”——“催战马，来到沙场，尊声壮士把名扬……”他们每一“期”都要唱几场《杀子报》。唱《杀子报》的那天，看戏是要加钱的，因为戏里的闻（文？）太师要勾金脸。有人是专为看那张金脸才去的。演闻太师的花脸很高大，嗓音也响。他姓颜，观众就叫他颜大花脸。我有一天看见他在后台栏杆后面，勾着脸——那天他勾的是包公，向台下水锅的方向，大声喊叫：“××！打洗脸水！”从他的洪亮的嗓音里，我感觉到草台班子演员的辛酸和满腹不平之气。我一生也忘记不了。

我的大伯父有一架保存得很好的留声机——我们那里叫作“洋戏”，还有一柜子同样保存得很好的唱片。他有时要拿出来听听——大都是阴天下雨的时候。我一听见留声机响了，就悄悄地走进他的屋里，聚精会神地坐着听。他的唱片里最使我感动的是程砚秋的《金锁记》和杨小楼的《林冲夜奔》。几声小镲，“啊哈！数尽更筹，听残银漏……”杨小楼的高亢脆亮的嗓子，使我感到一种异样的悲凉。

我父亲是个多才多艺的人，他会画画，会刻图章，还会弄乐器。他年轻时曾花了一笔钱到苏州买了好些乐器，除了笙箫管笛、琵琶月琴，连唢呐海笛都有，还有一把拉梆子戏的胡琴。他后来别的乐器都不大玩了，只是拉胡琴。他拉胡琴是“留学生”——跟着留声机唱片拉。他拉，我就跟着学唱。我学会了《坐宫》《起解·玉堂春》《汾河湾》《霸王别姬》……我是唱青衣的，年轻时嗓子很好。

初中，高中，一直到大学一年级时，都唱。西南联大的同学里有一些“票友”，有几位唱得很不错的。我们有时在宿舍里拉胡琴唱戏，有一位广东同学，姓郑，一听见我唱，就骂：“丢那妈！猫叫！”

大学二年级以后，我的兴趣转向唱昆曲。在陶重华等先生的倡导下，云南大学成立了一个曲社，参加的都是云大和联大中文系的同学。我们于是“拍”开了曲子。教唱的主要是陶先生，吹笛的是云大历史系的张中和先生。从《琵琶记·南浦》《拜月记·走雨》开蒙，陆续学会了《游园·惊梦》《拾画·叫画》《哭像》《闻铃》《扫花》《三醉》《思凡》《折柳·阳关》《瑶台》《花报》……大都是生旦戏。偶尔也学两出老生花脸戏，如《弹词》《山门》《夜奔》……在曲社的基础上，还时常举行“同期”。参加“同期”的除同学外，还有校内校外的老师、前辈。常与“同期”的，有陶光（重华）。他是唱“冠生”的，《哭像》《闻铃》均极佳，《三醉》曾受红豆馆主亲传，唱来尤其慷慨淋漓，植物分类学专家吴征镒，他唱老生，气大声洪，能把《弹词》的“九转”一气唱到底，还爱唱《疯僧扫秦》；张中和和他的夫人孙凤竹常唱《折柳·阳关》，极其细腻；生物系的教授崔芝兰（女），她似乎每次都唱

《西楼记》；哲学系教授沈有鼎，常唱《拾画》，咬字讲究，有些过分；数学系教授许宝騄，我的《刺虎》就是他亲授的；我们的系主任罗莘田先生有时也来唱两段；此外，还有当时任航空公司经理的查阜西先生，他兴趣不在唱，而在研究乐律，常带了他自制的十二平均律的钢管笛子来为人伴奏；还有一位世事洞明、人情练达、童心犹在、风趣非常的老人许茹香，每“期”必到。许家是昆曲世家，他能戏极多，而且“能打各省乡谈”，苏州话、扬州话、绍兴话都说得很好。他唱的都是别人不唱的戏，如《花判》《下山》。他甚至能唱《绣襦记》的《教歌》。还有一位衣履整洁的先生，我忘记他的姓名了。他爱唱《山门》。他是个聋子，唱起来随时跑调，但是张中和先生的笛子居然能随着他一起“跑”！

参加了曲社，我除学了几出昆曲，还酷爱上了吹笛——我原来就会吹一点。我常在月白风清之夜，坐在联大“昆中北院”的一棵大槐树暴出地面的老树根上，独自吹笛，直至半夜。同学里有人说：“这家伙是个疯子！”

抗战胜利后，联大分校北迁，大家各奔前程，曲社“同期”也就风流云散了。

一九四九年以后，我就很少唱戏，也很少吹笛子了。

我写京剧，纯属偶然。我在北京市文联当了几年编辑，心里可一直想写东西。那时写东西必须“反映现实”，实际上是“写政策”，必须“下去”，才有东西可写。我整天看稿、编稿，下不去，也就写不成，不免苦闷。那年正好是纪念世界名人吴敬梓，王亚平同志跟我说：“你下不去，就从《儒林外史》里找一个题材编一个戏吧！”我听从了他的建议，就改了一出《范进中举》。这个剧本在文化局戏剧科的抽屉里压了很长时间，后来是王昆仑同志发现，介绍给奚啸伯演出了。这个戏还在北京市戏曲会演中得了剧本一等奖。

我参加戏曲工作，是有想法的。在一次齐燕铭同志主持的座谈会上，我曾经说："我搞京剧，是想来和京剧闹一阵别扭的。"简单地说，我想把京剧变成"新文学"。更直截了当地说：我想把现代思想和某些现代派的表现手法引进到京剧里来。我认为中国的戏曲本来就和西方的现代派有某些相通之处。主要是戏剧观。我认为中国戏曲的戏剧观和布莱希特以后的各流派的戏剧观比较接近。戏就是戏，不是生活。中国的古代戏曲有一些西方现代派的手法（比如《南天门》《乾坤福寿镜》《打棍出箱》《一匹布》……），只是发挥得不够充分。我就是想让它得到更多的发挥。我的《范进中举》的最后一场就运用了一点心理分析。我刻画了范进发疯后的心理状态，从他小时读书、逃学、应考、不中、被奚落，直到中举，做了主考，考别人："我这个主考最公道，订下章程有一条：年未满五十，一概都不要，本道不取嘴上无毛！……"我想把传统和革新统一起来，或者照现在流行的话说：在传统与革新之间保持一种张力。

我说了这一番话，可以回答我在本文一开头提到的那位阔别三十多年的老朋友的疑问。

我写京剧，也写小说。或问：你写戏，对写小说有好处吗？我觉得至少有两点。

一是想好了再写。写戏，得有个总体构思，要想好全剧，想好各场。各场人物的上下场，各场的唱念安排。我写唱词，即使一段长到二十句，我也是每一句都想得能够成诵，才下笔的。这样，这一段唱词才是“整”的，有层次，有起伏，有跌宕，浑然一体，我不习惯于想一句写一句。这样的习惯也影响到我写小说。我写小说也是全篇、各段都想好，腹稿已具，几乎能够背出，然后凝神定气，一气呵成。

前几天，有几位从湖南来的很有才华的青年作家来访问我，他们指出一个问题：“您的小说有一种音乐感，您是否对音乐很有修养？”我说我对音乐的修养一般。如说我的小说有一点音乐感，那可能和我喜欢画两笔国画有关。他们看了我的几幅国画，说：“中国画讲究气韵生动，计白当黑，这和‘音乐感’是有关系的。”他们走后，我想：我的小说有“音乐感”吗？——我不知道。如果说有，除了我会抹几笔国画，大概和我会唱几句京剧、昆曲，并且写过几个京剧剧本有点关系。有一位评论家曾指出我的小说的语言受了民歌和戏曲的影响，他说得有几分道理。

一九八五年五月二十二日
载一九八五年第四期《新剧本》

05 读廉价书

文章滥贱，书价腾踊。我已经有好多年不买书了。这一半也是因为房子太小，买了没有地方放。年轻时倒也有买书的习惯。上街，总要到书店里逛逛，挟一两本回来。但我买的，大都是便宜的书。读廉价书有几样好处：一是买得起，掏出钱时不肉痛；二是无须珍惜，可以随便在上面圈点批注；三是丢了就丢了，不心疼。读廉价书亦有可记之事，爰记之。

一折八扣书

一折八扣书盛行于三十年代。中学生所买的大都是这种书。一折，而又打八扣，即定价如是一元，实售只是八分钱。当然书后面的定价是预先提高了的。但是经过一折八扣，总还是很便宜的。为什么不把定价压低，实价出售，而用这种一折八扣的办法呢？大概是投合买书人贪便宜的心理：这差不多等于白给了。

一折八扣书多是供人消遣的笔记小说，如《子不语》《夜雨秋灯录》《续齐谐记》等。但也有文笔好、内容有意思的，如余澹心的《板桥杂记》、冒辟疆的《影梅庵忆语》。也有旧诗词集。我最初读到的《漱玉词》和《断肠词》就是这种一折八扣本。《断肠词》的样子我到现在还记得，封面是砖红色的，一侧画一支滴下两滴墨水的羽毛笔。一折八扣书都很薄，但也有较厚的，《剑南诗钞》即是相当厚的两本。这书的封面是米黄色的铜版纸，王西神题签。这在一折八扣书中是相当贵的了。

星期天，上午上街，买买东西（毛巾、牙膏、袜子之类），吃一碗脆鳝面或辣油面（我读高中在江阴，江阴的面我以为是做得最好的，真是细若银丝，汤也极好）、几只猪油青韭馅饼（满口清香），到书摊上挑一两本一折八扣书，回校。下午躺在床上吃粉盐豆（江阴的特产），喝白开水，看书，把三角函数、化学分子式暂时都忘在脑后，考试、分数，于我何有哉，这一天实在过得蛮快活。

一折八扣书为什么卖得如此之贱？因为成本低。除了垫出一点纸张油墨，就不需花什么钱。谈不上什么编辑，选一个底本，排印一下就是。大都只是白文，无注释，多数连标点也没有。

我倒希望现在能出这种无前言后记，无注释、评语、考证，只印白文的普及本的书。我不爱读那种塞进长篇大论的前言后记的书，好像被人牵着鼻子走。读了那样板着面孔的前言和啰唆的后记，常常叫人生气。而且加进这样的东西，书就卖得很贵了。

扫叶山房

扫叶山房是龚半千的斋名，我在南京，曾到清凉山看过其遗址。但这里说的是一家书店。这家书店专出石印线装书，白连史纸，字颇小，但行间加栏，所以看起来不很吃力。所印书大都几册作一部，外加一个蓝布函套。挑选的都是内容比较严肃、有一定学术价值的古籍，这对于置不起善本的想做点学问的读书人是方便的。我不知道这家书店的老板是何许人，但是觉得是个有心人，他也想牟利，但也想做一点于人有益的事。这家书店在什么地方，我不记得了，印象中好像在上海四马路。扫叶山房出的书不少，嘉惠士林，功不可泯。我希望有人调查一下扫叶山房的始末，写一篇报告，这在中国出版史上将是有意思的一笔，虽然是小小的一笔。

我买过一些扫叶山房的书，都已失去。前几年架上有一函《景德镇陶录》，现在也不知去向了。

旧书摊

昆明的旧书店集中在文明街，街北头路西，有几家旧书店。我们和这几家旧书店的关系，不是去买书，倒是常去卖书。这几家旧书店的老板和伙计对于书都不大内行，只要是稍微整齐一点的书，古今中外，文法理工，都要，而且收购的价钱不低。尤其是工具书，拿去，当时就付钱。我在西南联大时，时常断顿，有时日高不起，拥被坠卧。朱德熙看我到快十一点钟还不露面，便知道我午饭还没有着落，于是挟了一本英文字典，走进来，推推我："起来起来，去吃饭！"到了文明街，出脱了字典，两个人便可以吃一顿破酥包子或两碗焖鸡米线，还可以喝二两酒。

工具书里最走俏的是《辞源》。有一个同学发现一家书店的《辞源》的收售价比原价要高出不少，而拐角的商务印书馆的书架就有几十本崭新的《辞源》，于是以原价买到，转身即以高价卖给旧书店。他这种搬运工作干了好几次。

我应当在昆明旧书店也买过几本书，是些什么书，记不得了。

在上海，我短不了逛逛旧书店。有时是陪黄裳去，有时我自己去。也买过几本书。印象真凿的是买过一本英文的《威尼斯商人》。其时大概是想好好学学英文，但这本《威尼斯商人》始终没有读完。

我倒是在地摊上买到过几本好书。我在福煦路一个中学教书。有一个工友，姑且叫他老许吧，他管打扫办公室和教室外面的地面，打开水，还包几个无家的单身教员的伙食。伙食极简便，经常提供的是红烧小黄鱼和炒鸡毛菜。他在校门外还摆了一个书摊。

他这书摊是名副其实的“地摊”，连一块板子或油布也没有，书直接平摊在人行道的水泥地上。老许坐于校门内侧，手里做着事，择菜或清除洋铁壶的水碱，一面拿眼睛向地摊上瞟着。我进进出出，总要蹲下来看看他的书。我曾经买过他一些书——那是和烂纸的价钱差不多的，其中值得纪念的有两本。一本是张岱的《陶庵梦忆》，这本书现在大概还在我家不知哪个角落里。一本在我来说，是很名贵的：万有文库汤显祖评本《董解元西厢记》。我对董西厢一直有偏爱，以为非王西厢所可比。汤显祖的批语包括眉批和每一出的总批，都极精彩。这本书字大，纸厚，汤评是照手书刻印的。汤显祖字似欧阳率更《张翰帖》，秀逸处似陈老莲，极可爱。我未见过临川书真迹，得见此影印刻本，而不禁神往不置。“万有文库”算是什么稀罕版本呢？但在我这个向不藏书的人，是视同珍宝的。这书跟随我多年，约十年前为人借去不还，弄得我想引用汤评时，只能于记忆中得其仿佛，不胜怅怅！

小镇书遇

沙岭子是宣化至张家口之间的一个小站。这里有一个镇，本地叫作“堡”（读如“捕”）。每遇星期天，节假日，没有什么地方可去，我们就去堡里逛逛。堡里有一个供销社（卖红黑灯芯绒、凤穿牡丹被面、花素直贡呢，动物饼干、果酱面包、油盐酱醋、韭菜花、青椒糊、臭豆腐），一个山货店，一个缝纫社，一个木业生产合作社，一个兽医站。若是逢集，则有一些卖茄子、辣椒、疙瘩白的菜担，一些用绳络网在筐里的小猪秧子。我们就怀了很大的兴趣，看凤穿牡丹被面，看铁锅，看扫帚，看茄子，看辣椒，看猪秧子。

堡里照例还有一个新华书店。充斥于书架上的当然是“毛选”，此外还有些宣传计划生育的小册子、介绍化肥农药配制的科普书、连环画《智取威虎山》《三打白骨精》。有一天，我去逛书店，忽然在一个书架的最高层发现了几本书:《梦溪笔谈》《容斋随笔》《癸巳类稿》《十驾斋养新录》。我不无激动地搬过一张凳子，把这几册书抽下来，请售货员计价。售货员把我打量了一遍，开了发票。

“你们这个书店怎么会进这样的书?”

“谁知道！也除是你，要不然，这几本书永远不会有人要。”

不久，我结束劳动，派到县上去画马铃薯图谱。我就带了这几本书，还有一套郭茂倩的《乐府诗集》，到沽源去了。

这几本书是按原价卖给我的，不是廉价书。但这是早先的定价，故不贵。

鸡蛋书

赵树理同志曾希望他的书能在农村的庙会上卖，农民可以拿几个鸡蛋来换。这个理想一直未见实现。用实物换书，有一定困难，因为鸡蛋的价钱是涨落不定的。但是便宜到只值两三个鸡蛋，这样的书原先就有过。

我家在高邮北市口开了一爿中药店万全堂。万全堂的廊下常年摆着一个书摊。两张板凳支三块门板，“书”就一本一本地平放在上面。为了怕风吹跑，用几根削方了的木棍横压着。摊主用一个小板凳坐在一边，神情古朴。这些书都是唱本，封面一色是浅紫色的很薄的标语纸的，上面印了单线的人物画，都与内容有关，左边留出长方的框，印出书名：《薛丁山征西》《三请樊梨花》《李三娘挑水》《孟姜女哭长城》……里面是白色有光纸石印的“文本”，两句之间空一字，念起来不易串行。我曾经跟摊主借阅过。一本“书”一会儿就看完了，因为只有几页，看完一本，再去换。这种唱本几乎千篇一律，开头总是：“自从盘古开天地，三皇五帝到如今”，三皇五帝是和什么故事都挨得上的。唱词是没有多大文采的，但文从字顺，合辙押韵（七字句和十字句）。当中当然有许多不必要的“水词”。老舍先生曾批评旧曲艺有许多不必要的字，如“开言有语叫张生”，“叫张生”就得了嘛，干吗还要“开言”还“有语”呢？不行啊，不这样就凑不足七个字，而且韵也押不好。这种“水词”在唱本中比比皆是，也自成一种文理。我倒想什么时候有空，专门研究一下曲艺唱本里的“水词”。不是开玩笑，我觉得我们的新诗里所缺乏的正是这种“水词”，字句之间过于拥挤，这是题外话。我读过的唱本最有趣的一本是《王婆骂鸡》。

这种唱本是卖给农民的。农民进城，打了油，撕了布，称了盐，到万全堂买了治牙疼的“过街笑”、治肚子疼的暖脐膏，顺便就到书摊上翻翻，挑两本，放进捎码子，带回去了。

农民拿了这种书，不是看，是要大声念的。会唱“送麒麟”“看火戏”的还要打起调子唱。一人唱念，就有不少人围坐静听。自娱娱人，这是家乡农村的重要文化生活。

唱本定价一百二十文左右，与一碗宽汤饺面相等，相当于三个鸡蛋。

这种石印唱本不知是什么地方出的（大概是上海），曲本作者更不知道是什么人。

另外一种极便宜的书是“百本张”的鼓曲段子。这是用毛边纸手抄的，折叠式，不装订，书面写出曲段名，背后有一方长方形的墨印“百本张”的印记（大小如豆腐干）。里面的字颇大，是蹩脚的馆阁体楷书，而皆微扁。这种曲本是在庙会上卖的，我曾在隆福寺买到过几本。后来，就再看不见了。这种唱本的价钱，也就是相当于三个鸡蛋。

附带想到一个问题。北京的鼓词俗曲的资料极为丰富，可是一直没有人认真地研究过。孙楷第先生曾编过俗曲目录，但只是目录而已。事实上这里可研究的东西很多，从民俗学的角度，从北京方言角度，当然也从文学角度，都很值得钻进去，搞十年八年。一般对北京曲段多只重视其文学性，重视罗松窗、韩小窗，对于更俚俗的不大看重。其实有些极俗的曲段，如“阔大奶奶逛庙会”“穷大奶奶逛庙会”，单看题目就知道是非常有趣的。车王府有那么多曲本，一直躺在首都图书馆睡觉，太可惜了！

一九八六年七月八日

载一九九〇年第四期《群言》

06 随笔写生活

新笔记小说是近年出现的文学现象。以前不是没有过，但是写的人不是那样多，刊物上也不似现在这样频繁地出现，没有成为风气。这种现象产生的背景是什么？这说明什么“问题”？我是写过一些这样的小说的，有些篇自己就加了总题或副题：笔记小说。但究竟什么是新笔记小说，我也说不上来。

要问新笔记小说是什么，不如先问问：小说是什么？这个问题问之小说家，大概十个有八个答不出。勉强地说，依我看，小说是一种生活的样式或生命的样式。那么新笔记小说可以说是随笔写下来的一种生活，一种生活或生命的样式。

中国古代的小说，大致有两个传统：唐人传奇和宋人笔记。唐人传奇本是“行卷”，是应试的举子投给当道看的，这样可以博取声名，“扩大影响”。使试官在阅卷前已经有个印象。因为要当道看得有趣，故情节曲折，引人入胜。又欲使当道欣赏其文才，故词句多华丽丰赡。是有意为文。宋人笔记无此功利的目的，只是写给朋友看看，甚至是写给自己看的。《梦溪笔谈》云“所与谈者，唯笔砚耳”，是无意为文。故文笔多平实朴素，然而自有情致。假如用西方的文学概念来套，则唐人传奇是比较浪漫主义的，而宋人笔记则是比较现实主义的。新笔记小说所继承的，是宋人笔记的传统。

新笔记小说的作者大都有较多的生活阅历，经过几番折腾，见过严霜烈日，便于人生有所解悟，不复有那样炽热的激情了。相当多的新笔记小说的感情是平静的，如秋天，如秋水，叙书雍容温雅，渊渊汩汩，孙犁同志可为代表。孙犁同志有些小说几乎淡到没有什么东西，但是语简而情深，比如《亡人逸事》。这样的小说，是不会使人痛哭的，但是你的眼睛会有点潮湿。但也有些笔记小说的感情是相当强烈的，如张石山的《淘井》、王润滋的《三个渔人》。有不少笔记小说是写得滑稽梯突的，使读者读后哭笑不得。多如实，少夸张，然而这样的如实又显得好像极其夸张。这样的感情是所谓“冷隽”。这样，有些笔记小说就接近讽刺文学，带杂文意味。这在新笔记中占相当大的比重。

笔记小说一般较少抒情，然而何立伟的《小城无故事》却是一首抒情诗。然而，你不能说这不是新笔记小说。阿成的《年关六赋》是风俗画。贾平凹的《游寺耳记》是小说吗？是“笔记小说”吗？这是一篇游记，一篇散文。然而“笔记”和“散文”从来就是“撕掳不开”的，笔记小说多半有点散文化。孙犁同志的小说在发表前有编辑问过他：“您这是小说还是散文？”孙犁答曰：“小说！小说！”我们要不要把《游寺耳记》从“新笔记小说”中开除出去？不一定吧。高晓声的《摆渡》是寓言。矫健的《圆环》可以说是一篇哲学论文。

如此说来，“新笔记小说”从内到外，初无定质，五花八门，无所不包了？

好像是这样。这也是“新笔记小说”的特点。“新笔记”的天地是非常广阔的。

“新笔记小说”很难界定。这是一个宽泛的、含混的概念，但是又不是“宽大无边”。作者和编者读者心目中有那么一种东西，有人愿意写，写就是了。有人愿意看，看就是了。

有一个也许叫人困惑的问题：新笔记小说和“主旋律”的关系。一般说来，大部分新笔记小说大概不能算是主旋律吧？不是主旋律，那么是什么？次旋律？亚旋律？它和主旋律的关系是什么？也不必管它吧。有人愿意写，写就是了。有人愿意看，看就是了。

载一九九二年二月二十二日《文汇读书周刊》

07 看画

上初中的时候，每天放学回家，一路上只要有可以看看的画，我都要走过去看看。

中市口街东有一个画画的，叫张长之，年纪不大，才二十多岁，是个小胖子。小胖子很聪明。他没有学过画，他画画是看会的。画册、画报、裱画店里挂着的画，他看了一会儿就能默记在心。背临出来，大致不差。他的画不中不西，用色很鲜明，所以有人愿意买。他什么都画。人物、花卉、翎毛、草虫都画。只是不画山水。他不只是临摹，有时也“创作”。有一次他画了一个斗方，画一棵芭蕉、一只五彩大公鸡，挂在他的画室里（他的画室是敞开的）。这张画只能自己画着玩玩，买是不会有人买的，谁家会在家里挂一张“鸡巴图”？

他擅长的画体叫作“断简残篇”。一条旧碑帖的拓片（多半是汉隶或魏碑）、半张烧糊一角的宋版书的残页、一个裂了缝的扇面、一方端匋斋的印谱……七拼八凑，构成一个画面。画法近似“颖拓”，但是颖拓一般不画这种破破烂烂的东西。他画得很逼真，乍看像是剪贴在纸上的。这种画好像很“雅”，而且这种画只有他画，所以有人买。

这个家伙写信不贴邮票，信封上的邮票是他自己画的。

有一阵子，他每天骑了一匹大马在城里兜一圈，呱嗒呱嗒，神气得很。这马是一个营长的。城里只要驻兵，他很快就和军官混得很熟。办法很简单，每人送一套春宫。

一九四七年，我在上海先施公司二楼卖字画的陈列室看到四条“断简残篇”，一看署名，正是“张长之”！这家伙混得能到上海来卖画，真不简单。

北门里街东有一个专门画像的画工，此人名叫管又萍。走进他的画室，左边墙上挂着一幅非常醒目的朱元璋八分脸的半身画，高四尺，装在镜框里。朱洪武紫糖色脸，额头、颧骨、下巴，都很突出。这种面相，叫作“五岳朝天”。双眼奕奕，威风内敛，很像一个开国之君。朱皇帝头戴纱帽，着圆领团花织金大红龙袍。这张画不但皮肤、皱纹、眼神画得很“真”，纱帽、织金团龙，都画得极其工致。这张画大概是画工平生得意之作，他在画的一角用掺糅篆隶笔意的草书写了自己的名字：“管又萍”。若干年后，我才体会到管又萍的署名后面所挹注的画工的辛酸。画像的画工是从来不署名的。

若干年后，我才认识到管又萍是一个优秀的肖像画家，并认识到中国的肖像画有一套自成体系的肖像画理论和技法。

我的二伯父和我的生母的像都是管又萍画的。二伯父端坐在椅子上，穿着却是明朝的服装，头戴方巾，身着湖蓝色的斜领道袍。这可能是尊重二伯父的遗志，他是反清的。我没有见过二伯父，但是据说是画得很像的。我母亲去世时我才三岁，记不得她的样子，但我相信也是画得很像的，因为画得像我的姐姐，家里人说我姐姐长得很像我母亲。画工画像并不参照照片，是死人断气后，在床前直接勾描的。

然后还得起一个初稿。初稿只画出颜面，画在熟宣纸上，上面蒙了一张单宣，剪出一个椭圆形的洞，像主的面形从椭圆形的洞里露出。要请亲人家属来审查，提意见，胖了，瘦了，颧骨太高，眉毛离得远了……管又萍按照这些意见，修改之后，再请亲属看过，如无意见，即可完稿。然后再画衣服。

画像是要讲价的，讲的不是工钱，而是用多少朱砂，多少石绿，贴多少金箔。

为了给我的二伯母画像，管又萍到我家里和我的父亲谈了几次，所以我知道这些手续。

管又萍的“生意”是很好的，因为他画人很像，全县第一。

这是一个谦恭谨慎的人，说话小声，走路低头。

出北门，有一家卖画的。因为要下一个坡，而且这家的门总是关着，我没有进去看过。这家的特点是每年端午节前在门前柳树上拉两根绳子，挂出几十张钟馗。饮酒、醉眠、簪花、骑驴、仗剑叱鬼、从鸡笼里掏鸡、往胆瓶里插菖蒲、嫁妹、坐着山轿出巡……大概这家藏有不少种钟馗的画稿，每年只要照描一遍。钟馗在中国人物画里是个很有人性、很有幽默感的可爱的形象。我觉得美术出版社可以把历代画家画的钟馗收集起来出一本《钟馗画谱》，这将是一本非常有趣的画册。这不仅有美术意义，对了解中国文化也是很有意义的。

新巷口有一家“画匠店”，这是画画的作坊。所生产的主要是“家神菩萨”。家神菩萨是几个本不相干的家族的混合集体。最上一层是南海观音和善财龙女。当中是关云长和关平、周仓。下面是财神。他们画画是流水作业，“开脸”的是一个人，画衣纹的是另一个人，最后加彩贴金的又是一个人。开脸的是老画匠，做下手活儿的是小徒弟。画匠店七八个人同时做活儿，却听不到声音，原来学画匠的大都是哑巴。这不是什么艺术作品，但是也还值得看看。他们画得很熟练，不会有败笔。有些画法也使我得到启发。比如他们画衣纹是先用淡墨勾线，然后在必要的地方用较深的墨加几道，这样就有立体感，不是平面的，我在画匠店里常常能站着看一个小时。

这家画匠店还画“玻璃油画”。在玻璃的反面用油漆画福禄寿或老寿星。这种画是反过来画的，作画程序和正面画完全不同。比如画脸，是先画眉眼五官，后涂肉色；衣服先画图案，后涂底子。这种玻璃油画是作插屏用的。

我们县里有几家裱画店，我每一家都要走进去看看。但所裱的画很少好的。人家有古一点的好画都送到苏州去裱。本地裱工不行，只有一次在北市口的裱画店里看到一幅王匋民写的八尺长的对子，给我留下深刻的印象，我认为王匋民是我们县的第一画家。他的字也很有特点，我到现在还说不准他的字的来源，有章草，又有王铎、倪瓒。他用侧锋写那样大的草书对联，这种风格我还没有见过。

一九九三年六月一日

08 写字

写字总得从临帖开始。我比较认真地临过一个时期的帖，是在十多岁的时候，大概是小学五年级、六年级和初中一年级的暑假。我们那里，那样大的孩子“过暑假”的一个主要内容便是读古文和写字。一个暑假，我从祖父读《论语》，每天上午写大、小字各一张，大字写《圭峰碑》，小字写《闲邪公家传》，都是祖父给我选定的。祖父认为我写字用功，奖给了我一块猪肝紫的端砚和十几本旧拓的字帖：我印象最深的是一本褚河南的《圣教序》。这些字帖是一个败落的世家夏家卖出来的。夏家藏帖很多，我的祖父几乎全部买了下来。一个暑假，从一个姓韦的先生学桐城派古文、写字。韦先生是写魏碑的，他让我临的却是《多宝塔》。一个暑假读《古文观止》、唐诗，写《张猛龙》。这是我父亲的主意。他认为得写写魏碑，才能掌握好字的骨力和间架。我写《张猛龙》，用的是一种稻草做的纸——不是解大便用的草纸，很大，有半张报纸那样大，质地较草纸紧密，但是表面相当粗。这种纸市面上看不到卖，不知道父亲是从什么地方买来的。用这种粗纸写魏碑是很合适的，运笔需格外用力。其实不管写什么体的字，都不宜用过于平滑的纸。古人写字多用麻纸，是不平滑的。像澄心堂纸那样细腻的，是不多见的。这三部帖，给我的字打了底子，尤其是《张猛龙》。到现在，从我的字里还可以看出它的影响，结体和用笔。

临帖是很舒服的，可以使人得到平静。初中以后，我就很少有整桩的时间临帖了。读高中时，偶尔临一两张，一曝十寒。二十岁以后，读了大学，极少临帖。曾在昆明一家茶叶店看到一副对联：“静对古碑临黑女，闲吟绝句比红儿”。这副对联的作者真是一个会享福的人。《张黑女》的字我很喜欢，但是没有临过，倒是借得过一本，反反复复，“读”了好多遍。《张黑女》北书而有南意，我以为是从魏碑到二王之间的过渡。这种字体很难把握，五十年来，我还没有见过一个书家写《张黑女》而能得其仿佛的。

写字，除了临帖，还需“读帖”。包世臣以为读帖当读真迹，石刻总是形似，失去原书精神，看不出笔意，固也。试读《三希堂法帖·快雪时晴》，再到故宫看看原件，两者比较，相去真不可以道里计。看真迹，可以看出纸、墨、笔之间的关系。尤其是“运墨”；“纸墨相得”，是从拓本上感觉不出来的。但是真迹难得看到，像《快雪时晴》《奉橘帖》那样的稀世国宝，故宫平常也不拿出来展览。隔着一层玻璃，也不便揣摩谛视。求其次，则可看看珂罗版影印的原迹。多细的珂罗版也是有网纹的，印出来的字多浅淡发灰，不如原书的沉着入纸。但是，毕竟慰情聊胜无，比石刻拓本要强得多。读影印的《祭侄文》，才知道颜真卿的字是从二王来的，流畅潇洒，并不都像《麻姑仙坛》那样见棱见角的“方笔”；看《兴福寺碑》，觉赵子昂的用笔也是很硬的，不像坊刻应酬尺牍那样柔媚。再其次，便只好看看石刻拓本了。不过最好要旧拓。从前旧拓字帖并不很贵，逛琉璃厂，挟两本旧帖回来，不是难事。现在可不得了了！前十年，我到一家专卖碑帖的铺子里，见有一部《淳化阁帖》，我请售货员拿下来看看，售货员站着不动，只说了个价钱。他的意思我明白：你买得起吗？我只好向他道歉：“那就不麻烦你了！”现在比较容易得到的丛帖是北京日报出版社影印的《三希堂法帖》。乾隆本的《三希堂法帖》是浓墨乌金拓。我是不喜欢乌金拓的，太黑，且发亮。北京日报出版社用重磅铜版纸印，更显得油墨堆浮纸面，很“暴”。而且分装四大厚册，很重，展玩极其不便。不过能有一套《三希堂法帖》已属幸事，还有什么话可说呢？

《三希堂法帖》收宋以后的字很多。对于中国书法的发展，一向有两种对立的意见。一种以为中国的书法，一坏于颜真卿，二坏于宋四家。一种以为宋人书是一个重要的突破。宋人宗法二王，而不为二王所囿，用笔洒脱，显出各自的个性和风格。有人一辈子写晋人书体，及读宋人帖，方悟用笔。我觉两种意见都有道理。但是，二王书如清炖鸡汤，宋人书如棒棒鸡。清炖鸡汤是真味，但是吃惯了麻辣的川味，便觉得什么菜都不过瘾。一个人多“读”宋人字，便会终身摆脱不开，明知趣味不高，也没有办法。话又说回来，现在书家中标榜写二王的，有几个能不越雷池一步的？即便是沈尹默，他的字也明显地看出有米字的影响。

“宋四家”指苏（东坡）、黄（山谷）、米（芾）、蔡。“蔡”本指蔡京，但因蔡京人品不好，遂以蔡襄当之。早就有人提出这个排列次序不公平。就书法成就说，应是蔡、米、苏、黄。我同意。我认为宋人书法，当以蔡京为第一。北京日报出版社《三希堂法帖与书法家小传》（卷二），称蔡京“字势豪健，痛快沉着，严而不拘，逸而不外规矩。比其从兄蔡襄书法，飘逸过之，一时各书家，无出其左右者”“……但因人品差，书名不为世人所重。”我以为这评价是公允的。

这里就提出一个多年来缠夹不清的问题：人品和书品的关系。一种很有势力的意见以为，字品即人品，字的风格是人格的体现。为人刚毅正直，其书乃能挺拔有力。典型的代表人物是颜真卿。这不能说是没有道理，但是未免简单化。有些书法家，人品不能算好，但你不能说他的字写得不好，如蔡京，如赵子昂，如董其昌，这该怎么解释？历来就有人贬低他们的书法成就。看来，用道德标准、政治标准代替艺术标准，是古已有之的。看来，中国的书法美学、书法艺术心理学，得用一个新的观点、新的方法来重新开始研究。简单从事，是有害的。

蔡京字的好处是放得开，《与节夫书帖》《与宫使书帖》可以为证。写字放得开并不容易。书家往往于酒后写字，就是因为酒后精神松弛，没有负担，较易放得开。相传王羲之的《兰亭序》是醉后所写。苏东坡说要“酒气拂拂从指间出”，才能写好字，东坡《答钱穆父诗》书后自题是“醉书”。万金跋此帖后云：

> 右军兰亭，醉时书也。东坡答钱穆父诗，其后亦题曰醉书。较之常所见帖大相远矣。岂醉者神全，故挥洒纵横，不用意于布置，而得天成之妙欤？不然则兰亭之传何其独盛也如此。

说得是有道理的。接连写几张字，第一张大都不好，矜持拘谨。大概第三四张较好，因为笔放开了。写得太多了，也不好，容易“野”。写一上午字，有一张满意的，就很不错了。有时一张都不好，也很别扭。那就收起笔砚，出去遛个弯儿去。写字本是遣兴，何必自寻烦恼。

一九九〇年七月十二日

载一九九〇年第十期《八小时以外》

09 读剧小札

《玉堂春》

起解前大段反二黄前面苏三和崇公道有几句对白，苏三说：“如此老伯前去打点行李，待我辞别狱神，也好赶路”，有些演员把“辞别狱神”改成了“待我辞别辞别”，实在没有必要。原来的念白，让我们知道监狱里有一尊狱神，犯人起解前要拜别狱神，这是规矩。这可以使后来的观众了解一点监狱的情况，这个细节是很真实的。而且苏三的唱词是向狱神的祷告，这样苏三此时的思想情绪，她的忧虑和希望也才有个倾诉的对象。改成“辞别辞别”，跟谁辞别？跟同监的难友？但唱词不像和难友的交流。

起解唱词好像有点前后矛盾。“苏三离了洪洞县，将身来在大街前”，已经离了洪洞县了，怎么又来在大街前呢？前面唱过“离了洪洞县”了，后面怎么又唱“低头出了洪洞县境”？只能这样解释：“离了洪洞县”是离了洪洞县衙，“低头出了洪洞县境”是出了洪洞县城。大街是十字街，这样苏三才能跪在当街，求人带信给王金龙。出了城，来往的人少了，崇公道才能给苏三把刑枷去掉。这是合理的。洪洞县在太原南面，苏三、崇公道出的是洪洞县北门。我曾到洪洞县看过（假定苏三故事是出在洪洞县的），地理方向大致不错。

流水板唱词有两句：“人言洛阳花似锦，偏我来时不逢春”，很多人不解所谓。这里不是洛阳，也没有花。这是罗隐的诗。苏三唱此，只是说不凑巧而已。罗隐诗很通俗，苏三读过或唱过，即景生情，移用成句，是有可能的。

西皮慢板第三四句的唱词原来是“想当初在院中缠头似锦”改成了“艰苦受尽”。“缠头似锦”和“罪衣罪裙”是今昔对比。“艰苦受尽”和“罪衣罪裙”在意思上是一顺边。改戏的人大概以为凡是妓女，都是很“艰苦”的，但是玉堂春是身价很高的名妓呀！或者以为苏三不应该留恋过去的生活，她应该控诉旧社会！

《玉堂春》(《三堂会审》）是一场非常别致的戏。京剧编剧有两大忌讳。一是把演过的情节再唱一遍，行话叫作“倒粪”；一是没有动作，光是一个人没完没了地唱。“玉堂春”敢冒不韪，知难而进。苏三把过去的事情从头至尾历数了一遍。唱词层次非常清楚。唱腔和唱词情绪非常吻合。这场戏运用了西皮的全部板式，起伏跌宕，有疾有徐，极为动听。《玉堂春》和《四郎探母》的唱腔是京剧唱腔的两大杰作。苏三的外部动作不多，但是内心活动很丰富。整场戏就是一个人跪在下面唱，三个问官坐在上面听，但是四个人都随时在交流，一丝不懈。这样的处理，在全世界的戏剧中实为仅见。戏曲十分重视演员和观众的交流。这场戏有一个聪明的调度——“脸朝外跪”。本来朝上回话，哪有背向问官的道理呢？这是为了使观众听得真凿，看得清楚。这跟《四郎探母》的“打坐向前”是一个道理；无缘无故的，叫丫鬟打坐向前干什么?

《玉堂春》有两句白和唱：“头一个开怀是哪一个？”——“十六岁开怀是那王……王公子。”有人把“开怀”改成了“结交”。这是干什么？“开怀”是妓院里的行话，也并不“牙碜”。下面还有两句唱“不顾腌臜怀中抱，在神案底下叙一叙旧情”。一个演员唱这出戏，把这两句删掉了，想是因为这是黄色。一个妓女这样表达感情，是很自然的。只要演唱得不过于绘形绘色，我看没有什么不可以。

《玉堂春》是谁改的？可能是朱熹。

《四进士》

两个差人受田伦之命到信阳州道台衙门顾读处下书行贿，住在宋士杰店中。宋士杰偷拆了书信，套写在衣襟之上。第二天早晨，差人起来，跟宋士杰说：“跟您借一样东西。”宋士杰接口就说：“敢莫是坛子？”旧时行贿，不能大明大白把银子送去，多是把银子放在酒坛里，装着送的是酒，好遮人耳目。这一套，宋士杰门儿清，所以立即就问：“敢莫是坛子？”这一细节，表现出宋士杰对官场积弊了如指掌，是个成了精的老吏。两个差人回了一句：“您倒是老在行！”这里，差人应该有点表演，先表现出惊愕，再表现心照不宣。宋士杰微微一笑。这样这个细节才突出。通常演出，差人无表情，只是平平说过。这样这个细节就“兀突”了。演差人的两个丑角大概也不知道这是什么意思。剧作者表现宋士杰的性格的这一小小闲笔也就被观众忽略了，可惜！

顾读的师爷上场念了一副对子：“清早起来冷飕飕，吃了泡饭热呵呵。”许多演师爷的丑角演员只是随师傅照葫芦画瓢地念，不知念的是什么。师爷是绍兴人，念的是绍兴话。早上起来吃泡饭，这也很有绍兴特点。师爷拿走田伦贿赂顾读的银子，唱了两句：“三百两银子到我手，管他丢官不丢官！”曲调是绍兴高调。从前上海有个专演师爷的丑，唱这两句绍兴味很足。这位演员在下场前还有几句念白：“我拿了银子回家去买霉干菜去哉！”霉干菜是绍兴特产，上海人多知道，所以听了都大笑。北京观众无此反应。从前唱丑的都要会说几种方言。比如《荡湖船》是要念苏白的。后来唱丑的大都不会了。只有《打砂锅》还念山西话，《野猪林》里的解差说山东话。丑应该会说几个省的方言，否则叫什么丑呢。

一九九二年三月二十二日

载一九九二年第三期《新剧本》

⑩ 谈谈风俗画

有几位评论家都说我的小说里有风俗画。这一点是我原来没有意识到的。经他们一说，我想想倒是有的。有一位文学界的前辈曾对我说："你那种写法是风俗画的写法。"并说这种写法很难。风俗画的写法是怎样一种写法？这种写法难吗？我不知道。有人干脆说我是一个风俗画作家……

我是很爱看风俗画的。十七世纪荷兰学派的画，日本的浮世绘，我都爱看。中国的风俗画的传统很久远了。汉代的很多画像石刻、画像砖都画（刻）了迎宾、饮宴、耍杂技——倒立、弄丸、弄飞刀……有名的说书俑，滑稽中带点愚蠢，憨态可掬，看了使人不忘。晋唐的画以宗教画、宫廷画为大宗。但这当中也不是没有风俗画，敦煌壁画中的杰作《张义潮出巡图》就是。墓葬中的笔致粗率天真的壁画，也多涉及当时的风俗。宋代风俗画似乎特别的流行，《清明上河图》是一个突出的例子。我看这幅画，能够一看看半天。我很想在清明那天到汴河上去玩玩，那一定是非常好玩的。南宋的画家也多画风俗。我从马远的《踏歌图》知道"踏歌"是怎么回事，从而增加了对"桃花潭水深千尺，不及汪伦送我情"的理解。这种"踏歌"的遗风，似乎现在朝鲜还有。我也很爱李嵩、苏汉臣的《货郎图》，它让我知道南宋的货郎担上有那么多卖给小孩子们的玩意儿，真是琳琅满目，都蛮有意思。元明的风俗画我所知甚少。清朝罗两峰的《鬼趣图》可以算是风俗画。幸好这时兴起了年画。杨柳青、桃花坞的年画大部分都是风俗画，连不画人物只画动物的也都是，如《老鼠嫁女》。我很喜欢这张画，如鲁迅先生所说，所有俨然穿着人的衣冠的鼠类，都尖头尖脑的，非常有趣。陈师曾等人都画过北京市井的生活。风俗画的雕塑大师是泥人张。他的《钟馗嫁妹》《大出丧》是近代风俗画的不朽的名作。

我也爱看讲风俗的书。从《荆楚岁时记》直到清朝人写的《一岁货声》之类的书都爱翻翻。还是上初中的时候，一年暑假，我在祖父的尘封的书架上发现了一套巾箱本木活字聚珍版的丛书，里面有一册《岭表录异》，我就很有兴趣地看起来。后来又看了《岭外代答》。从此就对讲地理的书、游记，产生了一种嗜好。不过我最有兴趣的是讲风俗民情的部分，其次是物产，尤其是吃食。对山川疆域，我看不进去，也记不住。宋元人笔记中有许多是记风俗的，《梦溪笔谈》《容斋随笔》里有不少条记各地民俗，都写得很有趣。明末的张岱特长于记述风物节令，如记西湖七月半、泰山进香以及为祈雨而赛水浒人物，都极生动。虽然难免有鲁迅先生所说的夸张之处，但是绘形绘声，详细而不琐碎，实在很叫人向往。我也很爱读各地的竹枝词，尤其爱读作者自己在题目下面或句间所加的注解。这些注解常比本文更有情致。我放在手边经常看看的一本书是古典文学出版社出的《东京梦华录》(外四种——《都城纪胜》《西湖老人繁胜录》《梦粱录》《武林旧事》)。这样把记两宋风俗的书汇为一册，于翻检上极便，是值得感谢的，只是断句断错的地方太多。这也难怪。有一位历史学家就说过《东京梦华录》是一本难读的书。因为对当时的情形和语言不明白，所以不好断句。

我对风俗有兴趣，是因为我觉得它很美。我曾经在一篇文章里说过："我以为风俗是一个民族集体创作的生活的抒情诗。"(《〈大淖记事〉是怎样写出来的》）这是一句随便说说的话，没有任何学术意义。但也不是一点道理没有。我以为，风俗，不论是自然形成的，还是包含一定的人为的成分（如自上而下的推行），都反映了一个民族对生活的挚爱，对“活着”所感到的欢悦。他们把生活中的诗情用一定的外部的形式固定下来，并且相互交流，融为一体。风俗中保留一个民族的常绿的童心，并对这种童心加以圣化。风俗使一个民族永不衰老。风俗是民族感情的重要的组成部分。斯大林把民族感情列为民族的要素之一。民族感情是抽象的，看不见摸不着，但它确实存在着。民族感情常常体现在风俗中。风俗，是具体的。一种风俗对维系民族感情的作用是不可估量的，如那达慕、叼羊、麦西来甫、三月街……

所谓风俗，主要指仪式和节日。仪式即“礼”。礼这个东西，未可厚非。据说辜鸿铭把中国的“礼”翻译成英语时，译为“生活的艺术”。这传闻不知是否可靠，但很有意思。礼是具有艺术性的，很好玩的，假如我们抛开其中迷信和封建的内核，单看它的形式。礼，包括婚礼和丧礼。很多外国的和中国少数民族的民间舞蹈常常以“××人的婚礼”作题目，那是在真实的婚礼的基础上加工而成的。结婚，对一个少女来说，意味着迈进新的生活，同时也意味着向过去的一切告别了。因此，这一类的舞蹈大都既有喜悦，又有悲哀，混合着复杂的感情，其动人处，也在此。中国西南几个民族都有“哭嫁”的习俗。临嫁的姑娘要把要好的姊妹约来哭（唱）一夜甚至几夜。那歌词大都是充满了真情，很美的。我小时候最爱参加丧礼，不管是亲戚家还是自己家的。我喜欢那种平常没有的“当大事”的肃穆的气氛，所有的人好像一下子都变得雅起来，多情起来了，大家都像在演戏，扮演一种角色，很认真地扮演着。我喜欢“六七开吊”，那是戏的顶点。我们那里开吊都要“点主”。点主，就是在亡人的牌位上加点。白木的牌位上事先写好了某某人之“神王”，要在王字上加一点，这才成了“神主”，点主不是随随便便点的，很隆重。要请一位有功名的老辈人来点。点主的人就位后，礼生喝道：“凝神——想象，请加墨主！”点主人用一支新墨笔在“王”字上点一点；然后再：“凝神——想象，请加朱主！”点主人再用朱笔点一点，把原来的墨点盖住。这样，那个人的魂灵就进了这块牌位了。“凝神——想象”，这实在很有点抒情的意味，也很有戏剧性。我小时看点主，很受感动，至今印象很深。

至于节日，那更不用说了。试想一下，如果没有那样多的节，我们的童年将是多么贫乏，多么缺乏光彩呀。日本人对传统的节日非常重视。多么现代化的大企业，到了盂兰盆节这一天，也要停产放假，举行集体的娱乐活动。这对于培养和增强民族的自信，无疑是会有好处的。

风俗，仪式和节日，是历史的产物，它必然是要消亡的。谁也不会提出恢复所有的传统的风俗，但是把它们记录下来，给现在的和将来的人看看，是有着各方面的意义的。我很希望中国民俗学会能编出两本书，一本《中国婚丧礼俗》，一本《中国的节日》。现在着手，还来得及。否则，到了“礼失而求于野”，要到穷乡僻壤去访问搜集，就费事了。

为什么要在小说里写进风俗画？前已说过，我这样做原是无意的。只是因为我的相当一部分小说是写我的家乡的，写小城的生活，平常的人事，每天都在发生，举目可见的小小悲欢，这样，写进一点风俗，便是很自然的事了。“人情”和“风土”原是紧密关联的。写一点风俗画，对增加作品的生活气息、乡土气息，是有帮助的。风俗画和乡土文学有着血缘关系，虽然二者不是一回事。很难设想一部富于民族色彩的作品而一点不涉及风俗。鲁迅的《故乡》《社戏》，包括《祝福》，是风俗画的典范。《朝花夕拾》每篇都洋溢着罗汉豆的清香。沈从文的《边城》如果不是几次写到端午节赛龙船，便不会有那样浓郁的色彩。“风俗画小说”，在一般人的概念里，不是一个贬词。

风俗画小说的文体几乎都是朴素的。风俗本身是自自然然的。记述风俗的书原来不过是聊资谈助，大都是随笔记之，不事雕饰。幽兰居士孟元老《东京梦华录序》云：“此录语言鄙俚，不以文饰者，盖欲上下通晓耳，观者幸详焉。”用华丽的文笔记风俗的人好像还很少。同样，风俗画小说所记述的生活也多是比较平实的，一般不太注重强烈的戏剧化的情节。写风俗而又富于浪漫主义的戏剧性的情节的，似乎只有梅里美一人。但他所写的往往是异乡的奇俗（如世代复仇），而且通常是不把梅里美列在风俗画家范围内的。风俗画小说，在本质上是现实主义的。

记风俗多少有点怀旧，但那是故国神游，带抒情性，并不流于伤感。风俗画给予人的是慰藉，不是悲苦。就我所见过的风俗画作品来看，调子一般不是低沉的。

小说里写风俗，目的还是写人，不是为写风俗而写风俗。那样就不是小说，而是风俗志了。风俗和人的关系，大体有这样三种：

一种是以风俗作为人的背景。

一种是把风俗和人结合在一起，风俗成为人的活动和心理的契机。比如：

去年元夜时，
花市灯如昼。
月上柳梢头，
人约黄昏后。

又如苏北民歌《探妹》：

正月里探妹正月正，
我带小妹子看花灯，
看灯是假的，
妹子呀，试试你的心。

《边城》几次写端午节赛龙船，和翠翠的情绪的发育和感情的变化是紧紧扣在一起的，并且是情节发展不可缺少的纽带。

也有时，看起来是写风俗，实际上是在写人。我的小说里写风俗占篇幅最长的大概是《岁寒三友》里描写放焰火的一段。因为这篇小说见到的人不是很多，我把这一段抄录在下面：

这天天气特别好。万里无云，一天皓月。阴城的正中，立起一个四丈多高的架子。有人早早吃了晚饭，就扛了板凳来等着了。各种卖小吃的都来了。卖牛肉高粱酒的，卖回卤豆腐干的，卖五香花生米的、芝麻灌香糖的，卖豆腐脑的，卖煮荸荠的，还有卖河鲜——卖紫皮鲜菱角和新剥鸡头米的……到处是“气死风”的四角玻璃灯，到处是白蒙蒙的热气、香喷喷的茴香八角气味。人们寻亲访友，说短道长，来来往往，亲亲热热。阴城的草都被踏倒了。人们的鞋底也叫秋草的浓汁磨得滑溜溜的。

忽然，上万双眼睛一齐朝着一个方向看。人们的眼睛一会儿睁大，一会儿眯细；人们的嘴一会儿张开，一会儿又合上；一阵阵叫喊，一阵阵欢笑，一阵阵掌声。——陶虎臣点着了焰火了。

中间还有一段具体描写几种焰火的，文长不录。

……火光炎炎，逐渐消隐，这时才听到人们呼唤：

“二丫头，回家咧！”

“四儿，你在哪儿哪？”

“奶奶，等等我，我鞋掉了！”

人们摸摸板凳，才知道：呀，露水下来了。

这里写的是风俗，没有一笔写人物。但是我自己知道笔笔都着意写人，写的是焰火的制造者陶虎臣。我是有意在表现人们看焰火时的欢乐热闹气氛中表现生活一度上升时期陶虎臣的愉快心情，表现用自己的劳作为人们提供欢乐，并于别人的欢乐中感到欣慰的一个善良人的品格的。这一点，在小说里明写出来，也是可以的，但是我故意不写，我把陶虎臣隐去了，让他消融在欢乐的人群之中。我想读者如果感觉到看焰火的热闹和欢乐，也就会感觉到陶虎臣这个人。人在其中，却无觅处。

写风俗，不能离开人，不能和人物脱节，不能和故事情节游离。写风俗不能流连忘返，收不到人物的身上。

风俗画小说是有局限性的。一是风俗画小说往往只就人事的外部加以描写，较少刻画人物的内心世界，不大做心理描写，因此人物的典型性较差。二是风俗画一般是清新浅易的，不大能够概括十分深刻的社会生活内容，缺乏历史的厚度，也达不到史诗一样的恢宏的气魄。因此，风俗画小说常常不能代表一个时代的文学创作的主流。这一点，风俗画小说作者应该有自知之明，不要因为自己的作品没有受到重视而气愤。

因此，我希望自己，也希望别人，不要只是写风俗画。并且，在写风俗画小说时也要有所突破，向生活的深度和广度掘进和开拓。

载一九八四年第三期《钟山》

辑三 人间有戏

01 太监念京白

京剧里的太监都念京白（一般生、旦都念“韵白”，架子花偶尔念几句京白——行话叫“改口”，花旦多念京白，但也有念韵白的），《法门寺》的刘瑾的“自报家门”是其代表。特别是经金少山那么一念：“咱家，姓刘名瑾，表字春华，乃是陕西延安府的人氏。自幼儿七岁净身，九岁进宫，一十三岁，伺候老王，老王驾崩，扶保正德皇帝登基。我与万岁，明是君臣，暗同手足的一般……”吐字归音，铿锵顿挫，让人相信，太监就是那样说话的。

大概从明朝起（更准确地说，从永乐年间起），太监就说一种特殊韵味的京白，不论在宫里、宫外，在京、出京。

《陶庵梦忆·龙山放灯》：

> 万历辛丑年，父叔辈张灯龙山……庙门悬禁条，禁车马，禁烟火，禁喧哗，禁豪家奴不得行辟人……十六夜，张分守宴织造太监于山巅星宿阁，傍晚至山下，见禁条，太监忙出舆笑曰：“遵他！遵他！自咱们遵他起。”

张岱文每喜用口语写人物对话。这一篇写织造太监的说话如闻其声，是口语，而且是地道的京白。

明朝的太监横行天下，他们有一个特点是到哪里都说京白。王世贞《弇山堂别集·中官考》载：

西厂太监谷大用遣逻卒四出刺访。江西南庭县民吴登显等三家于端午竞渡，以擅造龙舟捕之，籍其家。自是偏州下邑，见有华衣怒马作京师语音，辄相惊告，官司密赂之，冀免其祸。

这些“逻卒”都是锦衣卫的太监。

刘瑾说的是什么话呢？他是陕西兴平人（《法门寺》他自称是“陕西延安府的人氏”，差不多），本姓谈，按说该有点陕西口音，但他“幼自宫投中官刘姓者得进，因冒其姓”（《弇山堂别集》），他从小就进了宫，在太监堆里混大，一定已经说得一口太监味儿的京白了。他犯罪被捕，由驸马蔡震审问，他还仰起头来说：“若何人？忘我德！”这显然是由记录者把他的话译成文言了。他被捕时，“时夜旦半，瑾宿于内直房，闻喧声，曰，‘谁也？’应曰：‘有旨。’瑾遂披青蟒衣以出……”（《弇山堂别集》）这一声“谁也？”也很像是京白。

明清两代太监说京白，是没有问题的。到了民国后，还有《茶馆》里的庞太监，说了那样一口阴阳怪气，听了叫人起鸡皮疙瘩的醋熘京白。

至于明以前的太监，如宋朝的童贯，说的是什么话，就不知道了。《白逼宫》里的穆顺也说京白，不知道有什么根据。

02 打渔杀家

《庆顶珠》全本很少有人演，听说高庆奎曾经演过。通常只演其中的《打渔》和《杀家》两折，合在一起，叫作《打渔杀家》。

《打渔杀家》是一出比较温的戏。但是其中有刻画得很细致的地方，为别的戏所不及。

萧恩决定铤而走险，过江杀尽吕子秋的一家。离家的时候和女儿桂英有一段对话：

> “……取为父的衣帽戒刀过来。”
>
> “戒刀在此。”
>
> “好好看守门户，为父去也。”
>
> “爹爹请转。”
>
> “儿呀何事？”
>
> “女儿跟随爹爹前去。”
>
> “为父杀人，你去做什么？”
>
> “爹爹杀人，女儿站在一旁，与爹爹壮壮胆量也是好的呀。”
>
> “儿有此胆量？”
>
> “有此胆量。”
>
> “将儿婆家的聘礼珠子带在身旁。”
>
> “现在身旁。”
>
> “开门哪！”

“爹爹呀请转！这门还未曾上锁呢。”

“这门喏！——关也罢，不关也罢。”

“里面还有许多动用家具呢。”

“傻孩子呀，门都不要了，要家具作甚哪！”

“不要了？喂噫……”

“不省事的冤家呀……”

“不省事”今天的观众多不懂，马连良念成“不明白”。我建议干脆改为“不懂事”。

在过江时，萧恩唱“船行在半江中我儿要掌稳了舵！——我的儿为什么撤了篷索？”之后，有一小段对话：

“啊爹爹，此番过江杀人是真的还是假的？”

“杀人哪有假的！”

“如此女儿有些害怕。我，我，我不去了。”

“呀呀呸！方才在家，为父怎样嘱咐于儿，叫儿不要前来，儿是偏偏地要来！如今船行在半江之中……也罢！待为父扳转船头，送儿回去！”

“孩儿舍不得爹爹！”

“啊……桂英儿呀！”

这两段对话是很感人的。听说有的老演员在念到“门都不要了，要家具作甚哪！——不省事的冤家呀！”能把人的眼泪念下来。我小时听梅兰芳的唱片，梅先生念到“孩儿舍不得爹爹！”我的眼泪唰地一下子下来了。

一般演员很难有这样的效果。原因是没有很好地体会人物之间的关系。萧恩和桂英不是通常的父女。桂英幼年丧母，父女二人，相依为命。萧恩又当爸，又当妈，风里雨里，把桂英拉扯大，他非常疼爱这个独生女儿。由于爸爸的疼爱，桂英才格外的娇痴——不懂事。桂英不懂事，更衬托出失势的英雄萧恩毁家报仇的满腔悲愤。通过父女之爱表现这个报仇故事的深刻、内在的悲剧性，是《打渔杀家》的一个很大的特点。

这是很值得搞编剧的人学习的。我们今天的戏曲编剧往往忙于交代情节事件，或者热衷于塑造空空洞洞的高大形象，很少能像《打渔杀家》这样富于生活气息地细致地刻画。有人说京剧缺少生活气息，殊不尽然。

03 探皇陵

《大保国、探皇陵、二进宫》，简称《大、探、二》。这是一出找不到历史根据的戏，而且很多词句不通，甚至不知所云。但是这出戏久演不衰，很多人都爱听，包括文化程度很高的人。这是什么原因？原因是这出戏有很多唱，唱腔好听，听起来过瘾。有一个东欧的戏剧家到中国来，要求看中国的歌剧。介绍他看了不少中国戏曲，他说这都不是“歌剧”。后来请他看了《大、探、二》，他说：这才是“歌剧”。因为这出戏没有多少戏剧情节，没有大的戏剧动作，念白也很少，从头到尾就是唱，这和西方人的“歌剧”概念是符合的。这出戏旦角、老生、花脸的唱都很多，有各人的独唱，也有接口的轮唱，三个角色都得有好嗓子。其中徐延昭的唱尤为吃重。因为徐延昭抱着一个铜锤，习惯上把大花脸就叫作“铜锤”，可见这出戏对于大花脸来说，有多么重要的意义。

04 苏三监狱

晚报载姜伟堂同志写的《“苏三监狱”纯系附会》，把玉堂春故事的来龙去脉说得很清楚。说苏三在洪洞县蹲过监狱实在是“老虎闻鼻烟”——没有那宗事儿。

一九六三年初，我曾到洪洞县去了一趟，县里有一位老先生，是苏三问题专家。他陪同我们参观了苏三的遗迹，还送了我们一本《苏三传说》的小册子。我当时在心里有点好笑：苏三成了洪洞县的乡贤了！

这位老先生陪我们参观了县大堂，指定一块方砖，说苏三就是跪在这里受审的。我们“哦哦”。

接着就参观“苏三监狱”。这是一座很小的监狱，监门只有一般人家的独扇门那样大。门头画着一只老虎头，这就是“狴犴”了。进门，有一溜低矮的房屋，瓦顶、砖墙、砖地，这是男监。穿过一条很窄的胡同（胡同两侧的瓦檐甚低，如系江洋大盗，稍有武功，可以毫不费事地纵身越狱），便是女监。女监是一座三合院，南、北、东面都是“监号”。老先生向我们介绍：北边的监号，就是苏三住的。院子里有一口井，叫作苏三井。井栏很小，只有一个大号洗脸盆那样大，却颇高。井栏是青石的，使我们不能不感动的，是井栏内侧有很多深深的道道，这是井绳拉出来的。从明朝拉到现在，几百年了，才能拉出这样深的绳道，啊呀！我不禁想起苏三从井里汲水，在井边梳头的样子。

洪洞县街上还有一家药铺，叫作××堂，传说赵监生毒死沈燕林的砒霜（原来是想毒死玉堂春的），就是从这家药铺买的。那装砒霜的青花瓷坛还保存着，用一块红绸子衬托着，放在柜台的一端，任人观看。据说这家药铺明朝就有。赵监生（如果有这个人）从这一家、这个坛子里买了砒霜，是有可能的——砒霜是剧毒，是不能随便换坛子的。

参观了这里，使我想起一个问题，我原来觉得洪洞县的人对苏三传说如此牵强附会，言之凿凿，未免可笑。走在洪洞县的街上，我想：到底是谁可笑？是洪洞县人，还是对传说持怀疑态度的我？

载一九八六年十月十六日《北京晚报》

05 建文帝的下落

我对建文帝有一点感情，是因为学唱过《惨睹》。《惨睹》是传奇《千忠戮》的一折。《千忠戮》作者无考，大约是明末清初人。这部传奇写的是燕王朱棣攻破南京后，建文帝与大臣陈济化装为僧道，流亡湖广、云南，备受迫害的故事。《惨睹》的唱词写得很特别，一折中用了八个“阳”字，唱昆曲的人故又别称之为“八阳”。“八阳”的曲子十分慷慨悲壮。头一句“收拾起大地山河一担装，四大皆空相”，破空而来，如果是有好嗓子的冠生，唱起来真是声如裂帛。这是昆曲里的名曲，一度十分流行。“家家‘收拾起’，户户‘不提防’”，可想见其盛况——“不提防”是《长生殿·弹词》的开头：“不提防余年值乱离”。我随中国作协作家赴云南访问团到云南，离昆明后第一站是武定狮子山。听说狮子山的正续禅寺，建文帝曾在那里住过，我于是很有兴趣。

狮子山郁郁葱葱，多奇树珍禽，流泉曲径，但山势并不很雄伟险峻。有人称它是“西南第一山”，未免夸大。

正续禅寺也算不得是一座大寺庙。如果把中国的寺庙划分等级，至多只能列入三等。但是附近几县来烧香的人很多，因为这里曾经住过一位皇帝。寺不在大，有帝则名。来烧香的善男信女当中，有人未必知道这位皇帝是建文帝，更不知道建文帝是怎样的一个皇帝，反正只要是皇帝就好。中国的农民始终对皇帝保持着崇敬。何况这位皇帝又当了和尚，或者这位和尚曾经是皇帝，这就在他们的崇敬心理上更增加了一个层次。

建文帝的下落是一个谜。《明史》只说："城破，宫中火起，帝不知所终。""不知所终"，留下一个疑案。他当时没有死，流亡出去，是有可能的。但是是不是经湖广，到云南，并无确证。至于是不是往来滇西一带，又常常在正续禅寺歇足，就更难说了。但是清代有些在云南做过地方官的文人是愿意把这件事坐实了的。正续禅寺的大雄宝殿楹柱上有一副对联：

叔误景隆军，一片婆心原是佛；
祖兴皇觉寺，再传天子复为僧。

这说得还比较含混。寺后有惠帝祠。阁前有一副对联，就更加言之凿凿了：

僧为帝，帝亦为僧，数十载衣钵相传，
正觉依然皇觉旧；
叔负侄，侄不负叔，八千里芒鞋徒步，
狮山更比燕山高。

大雄宝殿后面还有一座殿，据说布局不似佛殿，而像皇家的朝廷，有丹陛、品级台。莫非建文帝当了和尚还要坐朝？后殿和惠帝祠都正在修缮，我们没有能进去看。看了惠帝塑像的照片，仍做皇帝的打扮，龙袍，戴着没有翅子的纱帽，端坐着，眼睛细长，胖乎乎的，腮帮子有点下坠。

大雄宝殿东侧有一小院，院中有亭，亭外有联。上联是写景的，没有记住，下联是“小亭曾是帝王居”。据说建文帝生前就住在这亭子里。我们坐在帝王居里的矮凳上喝了一杯茶。亭前花木甚多，木香花花大如小儿拳。

寺里的负责人请大家写字，在所难免。用隶书写了一副对联：

皇权僧钵千年梦；
大地山河一担装。

还请写一个横批，用行书写了四个大字：

是耶非耶

武定出壮鸡。我原来以为壮鸡就是一肥壮的鸡。不是的。所谓“壮鸡”，是把母鸡骟了，长大了，样子就有点像公鸡，味道特别鲜嫩。只有武定人会动这种手术。我只知道公鸡可骟，不知母鸡亦可骟也！

一九八七年四月三十日

载一九八七年第十二期《大西南文学》

06 词曲的方言与官话

我的家乡，宋代出了个大词人秦观，明代出了个散曲大家王磐。我读他们的作品，有一点外乡人不大会有的兴趣，想看看他们的作品里有没有高邮话。结果是，秦少游的词里有，王西楼的散曲里没有。

夏敬观《手批山谷词》谓："以市井语入词，始于柳耆卿，少游、山谷各有数篇。"今检《淮海居士长短句》，"以市井语入词"者似只三首。一首《满园花》，两首《品令》。《满园花》不知用的是什么地方的俚语，《品令》则大体上可以断定用的是高邮话。《品令》二首录如下：

一、幸自得，一分索强，教人难吃。好好地恶了十来日，恰而今、较些不。

须管啜持教笑，又也何须肐织。衠倚赖脸儿得人惜。放软顽、道不得。

二、掉又惧，天然个品格，于中压一。帘儿下时把鞋儿踢，语低低、笑咭咭。

每每秦楼相见，见了无限怜惜。人前强不欲相沾识，把不定、脸儿赤。

首先是这首词的用韵。刘师培《论文杂记》："宋人词多叶韵……（秦观《品令》用织、吃、日、不、惜为韵，则职、锡、质、物、陌五韵可通用矣。)”刘师培是把官修诗韵的概念套用到词上来了。“职、锡、质、物、陌”五韵大概到宋代已经分不清，无所谓“通用”。毛西河谓“词本无韵”，不是说不押韵，是说词没有官定的，或具有权威的韵书，所押的只是“大致相近”的韵。张玉田谓：“词以协律，当以口舌相调。”只要唱起来顺口，听起来顺耳，就行。《品令》所押的是入声韵，入声韵短促，调值相近，几乎可以归为一大类，很难区别。用今天的高邮话读《品令》，觉得很自然，没有一点别扭。

焦循《雕菰楼词话》：“秦少游《品令》‘掉又惧，天然个品格’，此正秦邮土音，今高邮人皆然也。”焦循是甘泉人，和高邮为邻县，所言当有据。其实不止这一个“个”字，凭直觉，我觉得这两首词通篇都是用高邮话写的。“肐织”旧注以为“即‘肐肢’，意犹多曲折，不顺遂”，不可通。朱延庆君以为“肐织”即“胳肢”，今高邮人犹有读第二字为入声者，其说近是。“啜持”是用甜言蜜语哄哄。整句意思是：说两句好听的话哄哄你，准能教你笑，也用不着胳肢你！这两首词皆以方言写艳情，似是写给同一个人的，这人是一个惯会撒娇使小性儿的妓女。《淮海居士长短句·附录二秦观词年表》推测二词写于熙宁九年，这年少游二十八岁，在家乡闲居，时作冶游，所相与的妓女当也是高邮人，故以高邮方言写词状其骄痴，这也是很自然的。词的语句，虽如夏敬观所说：“时移世易，语言变迁，后之阅者渐不能明”，很难逐句解释，但用今天的高邮话读起来，大体上还是能体味到它的情趣的，高邮人对这两首词会感到格外亲切。

少游有《醉乡春》，如下：

唤起一声人悄，衾冷梦寒窗晓。瘴雨过，海棠开，春色又添多少。

社瓮酿成微笑，半缺椰瓢共舀。觉倾倒，急投床，醉乡广大人间小。

此词是元符元年于横州作，用的是通行的官话，非高邮土音。但有一个字有点高邮话的痕迹："舀"。王本补遗案曰："地志作'酌'，出韵，误。"《词品》卷三："此词本集不载，见于地志。而修《一统志》者不识'舀'字，妄改可笑。"《雨村词话》："舀，音咬，以瓢取水也。"《词林纪事》卷六按："换头第二句'舀'字，《广韵》上声三十'小'部有此字，以治切，正与'悄'字押。"看来有不少人不认识这个字，但在高邮，这不是什么冷字。高邮人谓以器取水皆曰舀，不一定是用瓢。用一节竹筒旁安一长把，以取水，就叫作"水舀子"。用瓷勺取汤，也叫作"舀一勺汤"。这个字不是高邮所独有，但少游是高邮人，对这个字很熟悉，故能押得自然省力耳。

王磐写散曲，我一直觉得有些奇怪。在他以前和以后，都不曾听说高邮还有什么人写过散曲。一个高邮人，怎么会掌握这种北方的歌曲形式，熟悉北方语言呢？

《康熙扬州府志》云："王磐，字鸿渐，高邮人……与金陵陈大声并为南曲之冠。"这"南曲"易为人误会。其实这里所说的"南曲"，是指南方的曲家。王磐所写，都是北曲。王骥德《曲律·论咏物》云："小令北调，王西楼最佳。"又《杂论》举当世之为北调者，谓"维扬则王山人西楼"。又云："客问词人之冠，余曰：于北词得一人，曰高邮王西楼。”任中敏校阅《王西楼乐府》后记：“观于此本内无一南曲”。

写北曲得用北方语言，押北方韵。王西楼对此极内行。如《久雪》：

> 乱飘来燕塞边，密洒向程门外，恰飞还梁苑去，又舞过灞桥来。攘攘皑皑，颠倒把乾坤碍，分明将造化埋。荡磨的红日无光，隈逼的青山失色。

“色”字有两读，一读se，而在我们家乡是读入声的；一读shai，上声，这是河北、山东语音，我的家乡没有这样的读音。然而王磐用的这个“色”字分明应该读（或唱）成shai的，否则就不押韵。王磐能用shai押韵，押得很稳，北曲的味道很浓，这是什么道理呢？是他对《中原音韵》翻得烂熟，还是他会说北方话，即官话？我看后一种可能更大一些，否则不会这样运用自如。然而王西楼似未到过北方，而且好像足迹未出高邮一步，他怎能说北方话？这又颇为奇怪。有一种可能是当时官话已在全国流行，高邮人也能操北语了。我很难想象这位“构楼于城西僻地，坐卧其间”的王老先生说的是怎样的一口官话。

一九八九年十一月二十七日

载一九九〇年第二期《中国文化》

07 艺术和人品

方荣翔称得起是裘派传人。荣翔八岁学艺，后专攻花脸，最后归宗学裘。当面请益，台下看戏、听唱片、听录音，潜心揣摩，数十年如一日，未曾间断。呜呼，可谓勤矣。荣翔的生理条件和盛戎很接近，音色尤其相似。盛戎鼻腔共鸣好，荣翔的鼻腔共鸣也好，因此荣翔学裘有先天的优势。过去唱花脸，都以“气大声洪”取胜，一响遮百丑。唱花脸而有意识地讲究韵味，实自盛戎始。盛戎演戏，能体会人物的身份、性格，所处的环境，人物关系，运用音色的变化，控制音量的大小，表现人物比较内在的感情，不是在台上一味地嚷，瞎咋呼。荣翔学裘，得其神似。

两年前，中央人民广播电台录了荣翔几段唱腔，准备集中播放，征求荣翔意见，让谁来做唱腔介绍合适，荣翔提出让我来担任。我听了几遍录音，对荣翔学裘不仅得其声，而且得其意，稍有感受。比如《探皇陵》，本是一出于史无证的戏，而且文句不通，有些地方简直不知所云，但是京剧演员往往能唱出剧本词句所不曾提供的人物感情。荣翔的《探皇陵》唱得很苍凉，唱出了一个白发老臣的一腔忠义。这段唱腔有一句高腔，“见皇陵不由臣珠泪交流”，荣翔唱得很“足”，表现出一个股肱老臣在国运垂危时的激动。这种激动不是唱词里写出来的，而是演员唱出来的，是文外之情。又如《铫期》。裘盛戎演《铫期》，能从总体上把握人物，把握主题，不是就字面上枝枝节节地处理唱腔、唱法。他的唱腔具有很大的暗示性，唱出了比唱词字面丰富得多的内容。荣翔也能这样。“马杜岑奉王命把草桥来镇，调老夫回朝转侍奉当今。”这本来只是两句叙述性的唱词，本身不带感情色彩。但是铫期深知奉调回朝，是一件非同小可的事，回京后将会发生什么事，无从预料，因此这两句散板听起来就有点隐隐约约的不安，有一种暗自沉吟的意味。这两句平平常常的唱词就不只是叙述一件事，而是铫期心情的流露了。“马王爷赐某的饯行酒”四句流水唱得极其流畅，显得铫期归心似箭，行色匆匆。

《铡美案》的唱腔处理是合情合理的。“包龙图打坐在开封府”，荣翔把这句倒板唱得很舒展。下面的原板也唱得平和婉转。包拯一开头对陈世美是劝告，不是训斥，而且和一个当朝驸马叙话，也不宜疾言厉色，盛气凌人。这样才不悖两个人的身份。何况以后剧情还要发展——升堂、开铡，高潮迭起。如果这一段唱得太猛，不留余地，后面的唱就再也上不去了。

《将相和》戏剧冲突强烈，这出戏可以演得火爆，但是盛戎却把它往“文”里演，这是有道理的。廉颇虽然热情刚烈，但毕竟是一员大将，而且年岁也大了，不能像小伙子似的血气方刚。蔺相如封官，廉颇不服，一个人在家里自言自语地叨念，但不是暴跳如雷，骂大街。荣翔是全照盛戎的方法来演的。这场戏的写法是唱念交错，大段二黄唱段的每一小段后，有一段相当长的夹白，这在花脸戏中是不多见的。盛戎把夹白念得很轻（盛戎念白在不是关键的地方往往念得很轻），荣翔也是如此。荣翔的念白，除了“难逞英雄也”的“也”音用了较大的胸腔共鸣，其余的地方简直像说话。这样念，比较生活化，也像一个老人的口吻。唱，在音色运用、力度、共鸣上和念白不同。这样，唱和念既有对比，又互相衔接，有浓有淡，有柔有刚。盛戎教荣翔唱《刺王僚》，总是说要"提溜"着唱。所谓"提溜"就是提着气，气一直不塌，出字稍高，多用上滑音。荣翔《刺王僚》唱得有摇曳感，因为这是王僚说梦，同时又有点恍恍惚惚，显得王僚心情不安。京剧能表现出人物的精神状态，很难得。

我听荣翔的戏不多，不能对他的演唱做一个全面的美学的描绘，只是就这几段唱腔说一点零碎的印象。其中一定有些外行话，愿与荣翔的爱好者商讨。

荣翔个头不高，但是穿了厚底，系上胖袄，穿上蟒或扎上靠，显得很威重，像盛戎一样，这是因为他们能掌握人物的气质，其高大在神而不在形。

荣翔文戏武戏都擅长，唱铜锤，也能唱架子，戏路很宽，这一点也与乃师相似。

在戏曲界，荣翔是一位极其难得的恂恂君子。他幼年失学，但是有很高的文化素养。他在人前话不多，说话声音也较小。我从来没有听他在背后说挖苦同行的损话，也从来没有说过粗鄙的或者下流的笑话。甚至他的坐态都显得很谦恭，收拢两腿，坐得很端正，没有跷着二郎腿，高谈阔论，旁若无人的时候。他没有梨园行的不好的习气，没有"角儿"气。他不争牌位，不争戏码前后，不计较待遇。戏曲界对钱财上看得比较淡，如方荣翔者，我还没有见过第二人。荣翔艺品高，和他的人品高，是有关系的。

荣翔和老师的关系是使人感动的。盛戎生前，他随时照顾，执礼甚恭。盛戎生病，随侍在侧。盛戎病危时，我到医院去看他，荣翔引我到盛戎病床前，这时盛戎已经昏迷，荣翔轻轻叫他："先生，有人看您。"盛戎睁开眼，荣翔问他："您还认得吗？"盛戎在枕上微微点头，说了一个字："汪"，随即流下一滴眼泪。我知道他为什么流泪。我们曾经有约，等他病好，再一次合作，重排《杜鹃山》。现在，他知道不可能了。我在盛戎病床前站了一会儿，告辞退出，荣翔随我出来。我看看荣翔，真是"哀毁骨立"，瘦了一圈，他大概已经几夜没有睡了。

盛戎去世后，荣翔每到北京，必要到裘家去。他对师娘、师弟、师妹一直照顾得很周到。荣翔在香港演出时，还特地写信给孩子，让他在某一天送一笔钱到裘家去，那一天是盛戎的生日。荣翔不幸早逝，使我们不但失去一位才华未尽的表演艺术家，也失去一位堪供后生学习的道德的模范，是可痛也。

一九八九年十二月二十五日

载一九九〇年第三期《读书》

08 马·谭·张·裘·赵
——漫谈他们的演唱艺术

马（连良）、谭（富英）、张（君秋）、裘（盛戎）、赵（燕侠），是北京京剧团的“五大头牌”。我从一九六一年底参加北京京剧团工作，和他们有一些接触，但都没有很深的交往。我对京剧始终是个“外行”（京剧界把不是唱戏的都叫作“外行”）。看过他们一些戏，但是看看而已，没有做过任何研究。现在所写的，只能是一些片片段段的印象。有些是我所目击的，有些则得之于别人的闲谈，未经核实，未必可靠。好在这不入档案，姑妄言之耳。

描述一个演员的表演是几乎不可能的事。马连良是个雅俗共赏的表演艺术家，很多人都爱看马连良的戏。但是马连良好在哪里，谁也说不清楚。一般都说马连良“潇洒”。马连良曾想写一篇文章：《谈潇洒》，不知写成了没有。我觉得这篇文章是很难写的。“潇洒”是什么？很难捉摸。《辞海》“潇洒”条，注云：“洒脱，不拘束”，庶几近之。马连良的“潇洒”，和他在台上极端的松弛是有关系的。马连良天赋条件很好：面形端正，眉目清朗——眼睛不大，而善于表情，身材好——高矮胖瘦合适，体格匀称。他的一双脚，照京剧演员的说法，“长得很顺溜”。京剧演员很注意脚。过去唱老生大都包脚，为的是穿上靴子好看。一双脚膗里咕叽，浑身都不会有精神。他腰腿幼功很好，年轻时唱过《连环套》，唱过《广泰庄》这类的武戏。脚底下干净，清楚。一出台，就给观众一个清爽漂亮的印象，照戏班里的说法：“有人缘儿。”

马连良在做角色准备时是很认真的。一招一式，反复琢磨。他的夫人常说他：“又附了体。”他曾排过一出小型现代戏《年年有余》（与张君秋合演），剧中的老汉是抽旱烟的。他弄了一根旱烟袋，整天在家里摆弄，“找感觉”。到了排练场，把在家里琢磨好的身段步位走出来就是。导演不去再提意见，也提不出意见，因为他的设计都挑不出毛病。所以导演排他的戏很省劲。到了演出时，他更是一点负担都没有。《秦香莲》里秦香莲唱了一大段“琵琶词”，他扮的王延龄坐在上面听，没有什么“事”，本来是很难受的，然而马连良不“空”得慌，他一会儿捋捋髯口（马连良捋髯口很好看，捋“白满”时用食指和中指轻夹住一绺，缓缓捋到底），一会儿用眼瞟瞟陈世美，似乎他随时都在戏里，其实他在轻轻给张君秋拍着板！他还有个“毛病”，爱在台上跟同台演员小声地聊天。有一次和李多奎聊起来：“二哥，今儿中午吃了什么？包饺子？什么馅儿的？”害得李多奎到该张嘴时忘了词。马连良演戏，可以说是既在戏里，又在戏外。

既在戏里，又在戏外，这是中国戏曲，尤其是京剧表演的一个特点。京剧演员随时要意识到自己的唱念做打、手眼身法步，没法长时间地“进入角色”。《空城计》表现诸葛亮履险退敌，但是只有在司马懿退兵之后，诸葛亮下了城楼，抹了一把汗，说道：“好险呐！”观众才回想起诸葛亮刚才表面上很镇定，但是内心很紧张，如果要演员一直“进入角色”，又表演出镇定，又表演出紧张，那“我本是卧龙岗散淡的人”的“慢板”和“我正在城楼观山景”的“二六”怎么唱？

有人说中国戏曲注重形式美。有人说只注重形式美，意思是不重视内容。有人说某些演员的表演是“形式主义”，这就不大好听了。马连良就曾被某些戏曲评论家说成是“形式主义”。“形式美”也罢，“形式主义”也罢，然而马连良自是马连良，观众爱看，爱其“潇洒”。

马连良不是不演人物。他很注意人物的性格基调。我曾听他说过：“先得弄准了他的‘人性’：是绵软随和，还是干梗倔强。”

马连良很注意表演的预示，在用一种手段（唱、念、做）想对观众传达一个重点内容时，先得使观众有预感，有准备，照他的说法是：“先打闪，后打雷。”

马连良的台步很讲究，几乎一个人物一个步法。我看过他的《一捧雪》，“搜杯”一场，莫成三次企图藏杯外逃，都为严府家丁校尉所阻，没有一句词，只是三次上场、退下，三次都是“水底鱼”，三个“水底鱼”能走下三个满堂好。不但干净利索，自然应节（不为锣鼓点捆住），而且一次比一次遑急，脚底下表现出不同情绪。王延龄和老薛保走的都是“老步”，但是王延龄位高望重，生活优裕，老而不衰；老薛保则是穷忙一生，双腿僵硬了。马连良演《三娘教子》，双膝微弯，横跨着走。这样弯腿弯了一整出戏，是要功夫的！

马连良很知道扬长避短。他年轻时调门很高，能唱《龙虎斗》这样的乙字调唢呐二黄，中年后调门降了下来。他高音不好，多在中音区使腔。《赵氏孤儿》鞭打公孙杵臼一场，他不能像余叔岩一样“白虎大堂奉了命”，“白虎”直拔而上，就垫了一个字：“在白虎”，也能“讨俏”。

对编剧艺术，他主张不要多唱。他的一些戏，唱都不多。《甘露寺》只一段“劝千岁”,《群英会》主要只是“借风”一段二黄。《审头刺汤》除了两句散板，只有向戚继光唱的一段四平调;《胭脂宝褶》只有一段流水。在讨论新编剧本时他总是说:“这里不用唱，有几句白就行了。”他说:“不该唱而唱，比该唱而不唱，还要叫人难受。”我以为这是至理名言。现在新编的京剧大都唱得太多，而且每唱必长，作者笔下痛快，演员实在吃不消。

马连良在出台以前从来不在后台“吊”一段，他要喊两嗓子。他喊嗓子不像别人都是“啊——咿”，而是:“走咪!”我头一次听到直纳闷：走？走到哪儿去?

马连良知道观众来看戏，不只看他一个人，他要求全团演员都很讲究。他不惜高价，聘请最好的配角。对演员服装要求做到“三白”——白护领、白水袖、白靴底，连龙套都如此（在“私营班社”时，马剧团都发理发费，所有演员上场前必须理发）。他自己的服装都是按身材量制的，面料、绣活都得经他审定，有些盔头是他看了古画，自己琢磨出来的，如《赵氏孤儿》程婴的镂金的透空的员外巾。他很会配颜色。有一回赵燕侠要做服装，特地拉了他去选料子。现在有些剧装厂专给演员定制马派服装。马派服装的确比官中行头穿上要好看得多。

听谭富英听一个“痛快”。谭富英年轻时嗓音“没挡”，当时戏曲报刊都说他是“天赋佳喉”。而且，底气充足。一出《定军山》,“敌营打罢得胜的鼓哇呃”，一口气，高亮脆爽，游刃有余，不但剧场里“炸了窝”，连剧场外拉洋车也一齐叫好——他的声音一直传到场外。“三次开弓新月样”“来来来带过爷的马能行”，也同样是满堂的彩，从来没有“漂”过。——说京剧唱词不通，都得举出“马能行”，然而《定军山》的“马能行”没法改，因为这里有一个很漂亮的花腔，“行”字是“脑后摘音”，改了即无此效果。

谭富英什么都快。他走路快。晚年了，我和他一起走，还是赶不上他。台上动作快（动作较小）。《定军山》出场简直是握着刀横窜出来的。开打也快。“鼻子”“削头”，都快。“四记头”亮相，末锣刚落，他已经抬脚下场了。他的唱，“尺寸”也比别人快。他特别长于唱快板。《战太平》“长街”一场的快板，《斩马谡》“见王平”的快板都似脱线珍珠一样溅跳而出。快，而字字清晰劲健，没有一个字是“嚼”了的。五十年代，“挖掘传统”那阵，我听过一次他久已不演的《朱砂痣》，赞银子一段，“好宝贝！”一句短白，碰板起唱，张嘴就来，真“脆”。

我曾问过一个经验丰富、给很多名角挎过刀、艺术上很有见解的唱二旦的任志秋：“谭富英有什么好？”志秋说：“他像个老生。”我只能承认这是一句很妙的回答，很有道理。唱老生的的确有很多人不像老生。

谭富英为人恬淡豁达。他出科就红，可以说是一帆风顺，但他不和别人争名位高低，不“吃戏醋”。他和裘盛戎合组太平京剧团时就常让盛戎唱大轴，他知道盛戎正是“好时候”，很多观众是来听裘盛戎的。盛戎大轴《铫期》，他就在前面来一出《桑园会》（与梁小鸾合演）。这是一出“歇工戏”，他也乐得省劲。马连良曾约他合演《战长沙》，他的黄忠，马的关羽。重点当然是关羽，黄忠是个配角，他同意了（这出戏筹备很久，我曾在后台见过制作得极精美的青龙偃月刀，不知因为什么未能排出，如果演出，那是会很好看的）。他曾在《秦香莲》里演过陈世美，在《赵氏孤儿》里演过赵盾。这本来都是“二路”演员的活。

富英有心脏病，到我参加北京京剧团后，就没怎么见他演出，但不时还到剧团来，和大家见见，聊聊。他没有架子，极可亲近。

他重病住院，用的药很贵重。到他病危时，拒绝再用，他说：“这种药留给别人用吧！”重人之生，轻己之死，如此高格，能有几人？

张君秋得天独厚，他的这条嗓子，一时无二：甜，圆，宽，润。他的发声极其科学，主要靠腹呼吸，所谓“丹田之气”。他不使劲地摩擦声带，因此声带不易磨损，耐久，“顶活”，长唱不哑。中国音乐学院有一位教师曾经专门研究张君秋的发声方法——这恐怕是很难的，因为发声是身体全方位的运动。他的气很足。我曾在广和剧场后台就近看他吊嗓子，他唱的时候，颈部两边的肌肉都震得颤动，可见其共鸣量有多大。这样的发声真如浓茶酽酒，味道醇厚。一般旦角发声多薄，近听很亮，但是不能“打远”，“灌不满堂”。有别的旦角和他同台，一张嘴，就比下去了。

君秋在武汉收徒时曾说：“唱我这派，得能吃。”这不是开玩笑的话。君秋食量甚佳，胃口极好。唱戏的都是“饱吹饿唱”，君秋是吃饱了唱。演《玉堂春》，已经化好了妆，还来四十个饺子。前面崇公道高叫一声：“苏三走动啊！”他一抹嘴：“苦哇！”就上去了，“忽听得唤苏三……”在武汉，住璇宫饭店，每天晚上鳜鱼汆汤，二斤来重一条，一个人吃得干干净净。他和程砚秋一样，都爱吃炖肘子。

（唱旦角的比君秋还能吃的，大概只有一个程砚秋。他在上海，到南市的老上海饭馆吃饭，“青鱼托肺”——青鱼的内脏，这道菜非常油腻，他一次要两只。在老正兴吃大闸蟹，八只！搞声乐的要能吃，这大概有点道理。）

君秋没有坐过科，是小时在家里请教师学的戏，从小就有一条好嗓子，搭班就红（他是马连良发现的），因此不大注意“身上”。他对学生说：“你学我，学我的唱，别学我的‘老斗身子’。”他也不大注意表演。但也不尽然。他的台步不考究，简直无所谓台步，在台上走而已，“大步量”。但是着旗装，穿花盆底，那几步走，真是雍容华贵，仪态万方。我还没有见过一个旦角穿花盆底有他走得那样好看的。我曾仔细看过他的《玉堂春》，发现他还是很会“做戏”的。慢板、二六、流水，每一句的表情都非常细腻，眼神、手势，很有分寸，很美，又很含蓄（一般旦角演《玉堂春》都嫌轻浮，有的简直把一个沦落风尘但不失天真的少女演成一个荡妇）。跪禀既久，站起来，腿脚麻木了，微蹲着，轻揉两膝，实在是楚楚动人。花盆底脚步，是经过苦练练出来的；《玉堂春》我想一定经过名师指点，一点一点“抠”出来的。功夫不负苦心人。君秋是有表演才能的，只是没有发挥出来。

君秋最初宗梅，又受过程砚秋亲传（程很喜欢他，曾主动给他说过戏，好像是《六月雪》，确否，待查）。后来形成了张派。张派是从梅派发展出来的，这大家都知道。张派腔里有程的东西，也许不大为人注意。

君秋的嗓子有一个很大的特点，非常富于弹性，高低收放，运用自如，特别善于运用“擻”。《秦香莲》的二六，低起，到“我叫叫一声杀了人的天”拔到旦角能唱的最高音，那样高，还能用“擞”，宛转回环，美听之至。他又极会换气，常在“眼”上偷换，不露痕迹，因此张派腔听起来缠绵不断，不见棱角。中国画讲究“真气内行”，君秋得之。

我和裘盛戎只合作过两个戏，一个《杜鹃山》，一个小戏《雪花飘》，都是现代戏。

我和盛戎最初认识是和他（还有几个别的人）到天津去看戏——好像就是《杜鹃山》。演员知道裘盛戎来看戏，都“铆上”了。散了戏，我们到后台给演员道辛苦，盛戎拙于言辞，但是他的态度是诚恳的、朴素的，他的谦虚是由衷的谦虚。他是真心实意地向人家学习来了。回到旅馆的路上，他买了几套煎饼馃子摊鸡蛋，有滋有味地吃起来。他咬着煎饼馃子的样子，表现了很喜悦的怀旧之情和一种天真的童心。盛戎睡得很晚，晚上他一个人盘腿坐在床上抽烟，一边好像想着什么事，有点出神，有点迷迷糊糊的。不知是为什么，我以后总觉得盛戎的许多唱腔、唱法、身段，就是在这么盘腿坐着的时候想出来的。

盛戎的身体早就不大好。他曾经跟我说过：“老汪唉，你别看我外面还好，这里面——都娄啦！”搞《雪花飘》的时候，他那几天不舒服，但还是跟着我们一同去体验生活。《雪花飘》是根据浩然同志的小说改编的，写的是一个看公用电话的老人的事。我们去访问了政协礼堂附近的一位看电话的老人。这家只有老两口。老头子六十大几了，一脸的白胡茬，还骑着自行车到处送电话。他的老伴很得意地说：“头两个月他还骑着二八的车哪，这最近才弄了一辆二六的！”盛戎在这间屋里坐了好大一会儿，还随着老头子送了一个电话。

《雪花飘》排得很快，一个星期左右，戏就出来了。幕一打开，盛戎唱了四句带点马派味儿的散板：

> 打罢了新春六十七哟，
> 看了五年电话机。
> 传呼一千八百日，
> 舒筋活血，强似下棋！

我和导演刘雪涛一听，都觉得“真是这里的事儿”！

《杜鹃山》搞过两次。一次是一九六四年，一次是一九六九年，一九六九年那次我们到湘鄂赣体验了较长期的生活。那时强调军事化，大家穿了“价拨”的旧军大衣，背着行李，排着队。盛戎也一样，没有一点特殊。他总是默默地跟着队伍走，不大说话，但倒也不是整天愁眉苦脸的。我很能理解他的心情。我觉得从那时起，盛戎发生了一点变化，他变得深沉起来。盛戎平常也是个有说有笑的人，有时也爱逗个乐，但从那以后，我就很少见他有笑影了。他好像总是在想什么心事。用一句老戏词说：“满怀心腹事，尽在不言中。”他的这种神气，一直到他死，还深深地留在我的印象里。

那趟体验生活，是够苦的。南方的冬天比北方更难受。不生火，墙壁屋瓦都很单薄。那年的天气也特别，我们在安源过的春节，旧历大年三十，下大雪，同时却又打雷，下雹子，下大雨，一块儿来！盛戎晚上不再穷聊了，他早早就进了被窝。这老兄！他连毛窝都不脱，就这样连着毛窝睡了。但他还是坚持下来了，没有叫一句苦。

和盛戎合作，是非常愉快的。他很少对剧本提意见。他不是不当一回事，没有考虑过，或者提不出意见。盛戎文化不高，他读剧本是有点吃力的。但是他反复地读，盘着腿读。他读着，微微地摇着脑袋。他的目光有时从老花镜上面射出框外。他摇晃着脑袋，有时轻轻地发出一声："唔。"有时甚至拍着大腿，大声喊叫："唔！"

盛戎的领悟、理解能力非常之高。他从来不挑"辙口"，你写什么他唱什么。写《雪花飘》时，我跟他商量，这个戏准备让他唱"一七"，他沉吟着说："哎呀，花脸唱闭口字……"我知道他这是"放傻"，就说："你那《秦香莲》是什么辙？"他笑了："'一七'，好，唱，'一七'！"盛戎十三道辙都响。有一出戏里有一个"灭"字，这是"乜斜"，"乜斜"是很不好唱的，他照样唱得很响，而且很好听。一个演员十三道辙都响，是很难得的。《杜鹃山》有一场"打长工"，他看到被他当作地主奴才的长工身上的累累伤痕，唱道："他遍体伤痕都是豪绅罪证，我怎能在他的旧伤痕上再加新伤痕？"这是一段二六转流水，创腔的时候，我在旁边，说："老兄，这两句你不能就这样'数'了过去！唱到'旧伤痕上'，得有个'过程'，就像你当真看到，而且想到一样！"盛戎一听，说："对！您听听，我再给您来来！"他唱到"旧伤痕上"时唱"散"了，下面加了一个弹拨乐器的单音重复的小"垫头"，"登、登、登……"到"再加新伤痕"再归到原来的"尺寸"，而且唱得很强烈。当时参加创腔的唐在炘、熊承旭同志都说："好极了！"一九六九年本的《杜鹃山》原来有一大段《烤番薯》，写雷刚被困在山上断了粮，杜小山给他送来两个番薯。他把番薯放在篝火堆里烤着，番薯糊了，烤出了香气，他拾起番薯，唱道：“手握番薯全身暖，勾起我多少往事在心间……”他想起“我从小父母双亡讨米要饭，多亏了街坊邻舍问暖嘘寒”，他想起“大革命，造了反，几次探险在深山，每到有急和有难，都是乡亲接济咱。一块番薯掰两半，曾交深恩三十年！……到如今，山上来了毒蛇胆，杀人放火把父老摧残，我稳坐高山不去管，隔岸观火心怎安！……”（这剧本已经写了很多年，我手头无打印的剧本，词句全凭记忆追写，可能不尽准确。）创腔的同志对“一块番薯掰两半”不大理解，怕观众听不懂，盛戎说：“这有什么不好理解的?!‘一块番薯掰两半’，有他吃的就有我吃的！”他把这两句唱得非常感人，头一句他“虚”着一点唱，在想象，“曾受深恩”，“深恩”用极其深沉浑厚的胸音唱出，“三十年”一泻无余，跌宕不已。盛戎的这两句唱到现在还是绕梁三日，使我一想起就激动。这一段在后台被称为“烤白薯”，板式用的是反二黄。花脸唱反二黄虽非创举，当时还是很少见。盛戎后来得了病，他并不怎么悲观。他大概已经怀疑或者已经知道是癌症了，跟我说：“甭管它是什么，有病咱们瞧病！”他还想唱戏。有一度他的病好了一些。他还是想和我们把《杜鹃山》再搞出来（《杜鹃山》后来又写了一稿）。他为了清静，一个人搬到厢房里住，好看剧本。他死后，我才听他家里人说，他夜里躺在床上看剧本，曾经两次把床头灯的罩子烤着了。他病得很沉重了，有一次还用手在床头到处摸，他的夫人知道他要剧本。剧本不在手边，他的夫人就用报纸卷了一个筒子放在他手里。他这才平静下来。

他病危时，我到医院去看他。他的学生方荣翔引我到他的病床前，轻轻地叫醒他：“先生，有人来看您。”盛戎半睁开眼，荣翔问他：“您还认得吗？”盛戎在枕上微微点了点头，说了一个字：“汪”，随即流下了一大滴眼泪。

赵燕侠的发声部位靠前，有点近于评剧的发声。她的嗓音的特点是：清，干净、明亮，脆生。这样的嗓子可以久唱不败。她演的全本《玉堂春》《白蛇传》都是一人顶到底。唱多少句都不在乎。田汉同志看她的《白蛇传·合钵》一场加写了一大段和孩子哭别的唱词，李慕良设计的汉调二黄，她从从容容就唱完了。《沙家浜》“人一走，茶就凉”的拖腔，十四板，毫不吃力。

赵燕侠的吐字是一绝。她唱戏，可以不打字幕，每个字都很清楚，观众听得明明白白。她的观众多，和这点很有关系。田汉同志曾说：赵燕侠字是字，腔是腔，先把字报出来，再使腔，这有一定道理。都说京剧是“按字行腔”，实际情况并非如此。一句大腔，只有头几个音和字的调值是相合或接近的，后面的就不再有什么关系。如果后面的腔还是字音的延长，就会不成腔调。先报字，后行腔，自易清楚。当然“报”字还是唱出来的，不是念出来的。完全念出来的也有。我听谭富英说过，孙菊仙唱《奇冤报》“务农为本颇有家财”，“务农为本”就完全是用北京话念出来的。这毕竟很少。赵燕侠是先把字唱正了，再运腔，不使腔把字盖了。京剧的吐字还有件很麻烦的事，就是同时存在两个音系：湖广音和北京音。两个音系随时打架。除了言菊朋纯用湖广音，其余演员都是湖广音、北京音并用。余叔岩钻研了一辈子京剧音韵，他的字音其实是乱的。马连良说他的字音是“怎么好听怎么来”，我看只能如此。赵燕侠的字音基本上是北京音，所以易为观众接受（也有一些字是湖广音，如《白蛇传》的那段汉调。这段唱腔的设计者李慕良是湖南人，难免把他的乡音带进唱腔）。赵燕侠年轻时爱听曲艺，她大概从曲艺里吸收了不少东西，咬字是其一——北方的曲艺咬字是最清楚的。赵燕侠的吐字清楚，是大家都知道的，但是其中奥秘，还有待研究。

赵燕侠的戏是她的父亲“打”出来的，功底很扎实，腿功尤其好。《大英节烈》扳起朝天蹬，三起三落。前几年我遇到她，谈起这回事，问她：“您现在还能把腿抬得那样高吗？”她笑笑说：“不行了！”我想她再练练功，也许还行。

赵燕侠快六十了，还能唱，嗓子还那么好。

一九九〇年一月九日

载一九九〇年第二期《文汇月刊》

09 难得最是得从容

——《裘盛戎影集》前言

千秋一净裘盛戎，

遗像宛然沐清风。

虎啸龙吟余事耳，

难能最是得从容。

裘盛戎幼年失学，文化不高，但是对艺术有特殊的禀赋。他的艺术感极好，对剧情、人物理解极深，反应极快，而且表现得非常准确。导演有什么要求，一点就破，和编剧、导演很默契。导过他的戏的导演都说：给盛戎导戏，很省事，不用“阐述”“启发”这一套，几句话就行了。

《杜鹃山》（老本）有一场“打长工”，雷刚认为长工和地主是一回事，把长工打了，事后看到长工身上的伤痕，非常后悔。有这样两句唱：

他遍体伤痕都是豪绅罪证，

我怎能在他的旧伤痕上再加新伤痕！

唱腔是流水。练唱的时候我在旁边，说：“老兄，你不能就这样‘数’过去，得有个过程，得真看到伤痕，心里悔恨。”盛戎想了想说："我再来来。"其实也很简单，他把"旧伤痕上"唱"散"了，加了一个单音的弹拨乐小垫头，然后再回到原尺寸。这样，眼里、心里就都充满仇恨。在场听唱的，齐声说："好！就是这样！"《杜鹃山》有一稿有一场"烤番薯"。毒蛇胆在山下杀人放火，残害乡亲，雷刚受军纪约束，一时不能下山拯救百姓，心如火焚，按捺不住。山上断粮，只能每人发一个番薯当饭。番薯在火里烤出了香味，勾起雷刚想起乡亲们多年对他的好处：

一块番薯掰两半，

曾受深恩三十年……

盛戎把两句压低了音量，唱得很"虚"，表现出雷刚对乡亲们的思念，既深且远。

盛戎善于运用音色、体形的变化塑造不同的人物。他演的铫期端肃威重，俨然是一位坐镇一方的开国老臣，一位王爷。他演的周处（《除三害》），把开氅往肩上一搭，趔里歪斜地就下了场了，完全是一个痞子，一个天桥耍胳膊的"杂巴地"——这种不从程式而从生活出发塑造人物的方法在花脸里很少见。

盛戎的身体条件不太好，不像"十全大面"金少山那样的魁梧。他比较瘦，但是也有他的优越条件：肩宽，腰细，扮戏很"受装"。他扮出来的《盗御马》的窦尔墩，箭衣板平。这样的箭衣装当得起北京人爱说的一个字：帅。裘派装是很讲究的。盛戎有一件平金白蟒，全用金线，绣的是一条整龙。这件一条龙的平金绣蟒真是美极了——当然也得看是什么人穿。

盛戎的脸比较瘦削，勾出脸来不易好看，但是他能弥补自己的缺陷。他一般不演曹操，因为曹操的盔头压得低，更显得演员脸小。盛戎勾脸的特点是干净，细致，每一笔都有起落，有交代。铫期的眉子是略有深浅的，不是简单两个圆形的黑点子。包拯两颊揉红，恰到好处，不像有些唱花脸的演员把脸画成了两个大海茄子。即便是窦尔墩的花三块瓦，也是清清楚楚，一笔是一笔，不让人有“乱七八糟”之感。他弥补脸形的诀窍是以神带形，首先要表现出人物的品格气质，这样本来是一般化的脸谱就有了不一般的表情。他演的铫期，透过眼窝还能充分表现出眼神，并且眼神的内涵很丰富。

盛戎的戏也有节奏较快的，如《盗御马》，但是快而不乱。一般人物都演得很从容，不火暴，不论是什么性格，都有一种发自于中的儒雅，即一般常说的“书卷气”。这就提高了人物品格，增加了人物的深度。花脸而有书卷气，此裘派之所以为裘派，这是寻常花脸所达不到的。

盛戎不大爱活动。他常出来遛个小弯，从西河沿到虎坊桥，脚步较慢，不慌不忙，潇潇洒洒，比许多知识分子更像知识分子——盛戎曾自嘲，说他是个没有文化的文化人，一个没有知识的高级知识分子。到虎坊桥练功厅略坐一坐，找人聊聊天，工夫不大，就溜达回去了。他的家居生活也比较清简，他不喜欢高朋满座，吵嚷喧哗。偶尔在家请几个熟朋友，菜不过数道，但做得很讲究。有一次请唐在炘、熊承旭和我吃饭，有一盘香菜炒鸡丝。香菜是特供的，鸡肉肥而极嫩。有一次在鸿宾楼请我吃涮肉，涮的不是羊肉，而是鸿宾楼特意留下的一块极嫩的牛肉。不要乱七八糟的佐料，只是一碟酱油，切几个蒜片。盛戎这种饮食口味，淡而能浓，存本味，得清香，和他对艺术的赏鉴是相关的。

除了看看报，给儿子拉胡琴吊嗓子，教徒弟，做身段示范，大部分时间盘膝坐在床上一个人琢磨戏。晚年特别重视气口。他说：花脸一句唱得用多少气？年轻时全凭火力壮，现在上了岁数，得在气口上下功夫。他精研气口，深有心得。比如《智取威虎山》李勇奇唱的“扫平那威虎山我一马当先”，一般花脸都唱成“一马——当先”，盛戎说，叫我，我唱成这样：“我一马当——先”，“当”字唱在上面，和“一马当”一口气，然后换气，再单独唱“先”，这样“先”字气才显足。他很欣赏《智取威虎山》“同志们语重心长”的“长”字唱断，不拖泥带水。他是唱花脸的，但对程派兴趣很大，认为花脸运腔，可以参考。

盛戎在台上，在平常生活里，都从容不迫，他走得可是过于匆匆了。他去世时才五十六岁，活到今天，也只是八十岁，本来可以留下更多的东西，现在只搜集到不多的图片，可供后人凝眸怀想，是可悲也。

一九九五年九月二日

载一九九五年第六期《新剧本》

⑩ 名优逸事

萧长华

萧先生八十多岁时身体还很好。腿脚利落，腰板不塌。他的长寿之道有三：饮食清淡，经常步行，问心无愧。

萧先生从不坐车。上哪儿去，都是地下走。早年在宫里“当差”，上颐和园去唱戏，也都是走着去，走着回来。从城里到颐和园，少说也有三十里。北京人说：走为百练之祖，是一点不错的。

萧老自奉甚薄。他到天津去演戏，自备伙食。一棵白菜，两刀切四爿，一顿吃四分之一。餐餐如此：窝头，熬白菜。他上女婿家去看女儿，问：“今儿吃什么呀？”——“芝麻酱拌面，炸点花椒油。”“芝麻酱拌面，还浇花椒油呀？！”

萧先生偶尔吃一顿好的：包饺子。他吃饺子还不蘸醋。四十个饺子，装在一个盘子里，浇一点醋，特喽特喽，就给“开”了。

萧先生不是不懂得吃。有人看见，在酒席上，清汤鱼翅上来了，他照样扁着筷子夹了一大块往嘴里送。

懂得吃而不吃，这是真的节俭。

萧先生一辈子挣的钱不少，都为别人花了。他买了几处“义地”，是专为死后没有葬身之所的穷苦的同行预备的。有唱戏的“苦哈哈”，死了老人，办不了事，到萧先生那儿，磕一个头报丧，萧先生问：“你估摸着，大概其得多少钱，才能把事办了哇？”一面就开箱子取钱。

赞曰：

窝头白菜，寡欲步行，

问心无愧，人间寿星。

姜妙香

姜先生真是温柔敦厚到了家了。

他的学生上他家去，他总是站起来，双手当胸捏着扇子，微微弓着身子：“您来啦！”临走时，一定送出大门。

他从不生气。有一回陪梅兰芳唱《奇双会》，他的赵宠。穿好了靴子，总觉得不大得劲。“唔，今儿是怎样搞的，怎么总觉得一脚高一脚低的？我的腿有毛病啦？”伸出脚来看看，两只靴子的厚底一只厚二寸，一只二寸二。他的跟包叫申四。他把申四叫过来：“老四哎，咱们今儿的靴子拿错了吧？”你猜申四说什么？——“你凑合着穿吧！”

姜先生从不争戏。向来梅先生演《奇双会》，都是他的赵宠。偶尔俞振飞也陪梅先生唱，赵宠就是俞的。管事的说：“姜先生，您来个保童。”——“哎，好好好。”有时叶盛兰也陪梅先生唱。“姜先生，您来个保童。”——“哎，好好好。”

姜先生有一次遇见了劫道的，就是琉璃厂西边北柳巷那儿。那是敌伪的时候。姜先生拿了“戏份儿”回家。那会儿唱戏都是当天开份儿。戏打住了，管事的就把份儿分好了。姜先生这天赶了两“包”，华乐和长安。冬天，他坐在洋车里，前面挂着棉布帘。“站住！把身上的钱都拿出来！”——他也不知道里面是谁。姜先生不慌不忙地下了车，从左边口袋里掏出一沓（钞票），从右边又掏出了一沓。“这是我今儿的戏份儿。这是华乐的，这是长安的。都在这儿，一个不少。您点点。”

那位不知点了没有。想来大概是没有。

在上海也遇见过那么一回。“站住，把身浪厢值钿（钱）格物事（东西）才（都）拿出来！”此公把姜先生身上搜刮一空，扬长而去。姜先生在后面喊：“回来，回来！我这还有一块表哪，您要不要？”

事后，熟人问姜先生：“您真是！他走都走了，您干吗还叫他回来？他把您什么都抄走了，您还问‘我这还有一块表哪，您要不要？’”

姜妙香答道：“他也不容易。”

赞曰：

温柔敦厚，有何不好？

“文革”英雄，愧对此老。

贯盛吉

在京剧丑角里，贯盛吉的格调是比较高的。他的表演，自成一格，人称“贯派”。他的念白很特别，每一句话都是高起低收，好像一个孩子在被逼着去做他不情愿做的事情时的嘟囔。他是个“冷面小丑”，北京人所谓 “绷着脸逗”。他并不存心逗人乐。他的“哏”是淡淡的，不是北京人所谓“胳肢人”，上海人所谓“硬滑稽”。他的笑料，在使人哄然一笑之后，还能想想，还能回味。有人问他：“你怎么这么逗呀？”他说：“我没有逗呀，我说的都是实话。”“说实话”是丑角艺术的不二法门。说实话而使人笑，才是一个真正的丑角。喜剧的灵魂，是生活，是真实。

不但在台上，在生活里，贯盛吉也是那么逗。临死了，还逗。

他死的时候，才四十岁，太可惜了。

他死于心脏病，病了很长时间。

家里人知道他的病不治了，已经为他准备了后事，买了“装裹”——即寿衣。他有一天叫家里人给他穿戴起来。都穿齐全了，说：“给我拿个镜子来。”

他照照镜子：“唔，就这德行呀！”

有一天，他让家里给他请一台和尚，在他的面前给他放一台焰口。

他跟朋友说：“活着，听焰口，有谁这么干过没有？——没有。”

有一天，他很不好了，家里忙着，怕他今天过不去。他瓮声瓮气地说：“你们别忙。今儿我不走。今儿外面下雨，我没有伞。”

一个人病危的时候还能保持生气盎然的幽默感，能够拿死来“开逗”，真是不容易。这是一个真正的丑角，一生一世都是丑角。

赞曰：

拿死开逗，滑稽之雄。

虽东方朔，无此优容。

郝寿臣

郝老受聘为北京市戏校校长。就职的那天，对学生讲话。他拿着秘书替他写好的稿子，讲了一气。讲到要知道旧社会的苦，才知道新社会的甜。旧社会的梨园行，不养小，不养老。多少艺人，唱了一辈子戏，临了是倒卧街头，冻饿而死。说到这里，郝校长非常激动，一手高举讲稿，一手指着讲稿，说："同学们！他说得真对呀！"

这件事，大家都当笑话传。细想一下，这有什么可笑呢？本来嘛，讲稿是秘书捉刀，这是明摆着的事。自己戳穿，有什么丢人？倒是"他说得真对呀"，才真是本人说出的一句实话。这没有什么可笑。这正是前辈的不可及处：老老实实，不装门面。

许多大干部做大报告，在台上手舞足蹈，口若悬河，其实都应该学学郝老，在适当的时候，用手指指秘书所拟讲稿，说："同志们！他说得真对呀！"

赞曰：

人为立言，己不居功。

老老实实，古道可风。

11 且说过于执

浙江省昆苏剧团整理演出的“十五贯”有许多好处，大家已经谈了很多，这里只想就“过于执”这个人物说一点感想。

过于执基本上是个新创造出来的人物。

所以要创造过于执，是因为要使剧本的主题更鲜明。“十五贯”的整理者抓住了原著的精华部分，要突出地描写为民请命的况钟，因而把熊友蕙、侯三姑的一条线索去掉，把所有不相干的人物和情节也都统统去掉，这是十分果断的作为。但这样一来，就会使剧情大不连贯，而且单薄；不流畅，不丰满；必须加戏，要突出地描写况钟怎样“担着心、捏着汗”地救人，就必须加重地描写他所处的环境，描写他的敌对势力。这种敌对势力是十分顽固的，并且是互相沆瀣一气，牢牢结合在一起的。这样才看得出况钟斗争的尖锐性，充分地表现出他的公正聪明、沉着果敢来。这样也才合乎历史情况。原著的几场戏，特别是“见都”一折，是大胆地揭露了官场的昏暗腐朽的，这是原剧人民性最强烈的部分；因此，整理者除了把词句通俗化了一下，基本上原封保留了下来，也是很正确的。但是单是这一折戏，还不够；这还不足以显出况钟处境的艰难限恶，也不足以显出他的坚毅难能。戏怎么加呢？从哪里发展出来呢？集中在谁的身上呢？这样，这位过老爷就被“借重”了。

朱素臣原著的“十五贯”里，是有过于执这个人的。他的简历如下：他原在山阳县正堂。三年任满，改授常州理刑。他在山阳县任内，因为“一时执见”，枉断了熊友蕙、侯三姑的官司；巧得很，他刚刚调到常州后，又遇到熊友兰、苏戌娟的官司，又因“一时执见”“枉断”了。这两桩案子，被苏州知府况钟审清楚了，他才“随任往军门自劾”，巡抚周忱念他“终任清廉”，一力保奏，仅仅罚了半年薪俸。后来适逢乡试，他又被荐入内廉阅卷。刚好，熊氏兄弟都去投考，都中了，都成了他的门生。发榜后，兄弟二人例当去谒师，又都见到了过于执。相见之下，过于执自然有些难为情，于是为了赎取前愆，他自己提出给熊氏兄弟做媒。熊友兰、熊友蕙当时虽然是拒绝了，但是后来毕竟和侯三姑、苏戌娟“团圆”了。在有些本子里，这出戏最后还是由他老先生出来“哈哈”笑了两声，唱了几句吉祥话结束的。

从这里可以看出原作者对于过于执，对于当时官场的模棱的、妥协的态度。作者有心替他开脱。他错断了两件命案，几乎枉役了四个无罪的人，得的惩处却仅仅是罚俸半年，这成什么话呢！当然，从个别地方看来，作者对于过于执，还是不无微词的，但是，显然并不是深恶而痛绝之。从这里我们可以看出，原作者在世界观和创作方法上的弱点。

整理者在原著中发现了这一个人，把他一把抓住；并且从原剧发展的线索中找到合适的关节（头堂官司原是他审的，况钟踏勘时他这个地方官理应在场），从那里展开了两场戏（“受冤”和“疑鼠、踏勘”），这是很巧妙的措置。这是从内部抽长出来的枝叶，不是人工的嫁接，所以看上去非常自然，非常得体。要是不看原著，会觉得那是本来就有，不是新加上去的。有了这个人物，这两场戏，戏就多了一面，而这一面是关系全局的一面。有了这一面就面面俱到，戏就饱满了，也更深刻了。

过于执虽在原著中著了名姓，但是整理本中的过于执和原本中的过于执已经是判若两人。整理者不仅把他作为一个必要的人物来处理，并且是作为一个艺术典型来创造的。他在剧里显然有反衬况钟的作用。但是并不是况钟是白，他就是黑，不是他的一举一动都是况钟的反面。要是这样，他就成了一个以没有独立的个性为特征的丑角，他的行事就是一些只是滑稽的笑剧了。不，无论剧本，无论导演和演员，都没有这样处理他。他是有自己的色调、自己的个性的。没有况钟，他也是这样；有了况钟，他的性格就表现得更强烈，因为况钟“侵犯”了他。

“被冤”一场，已经有很多人谈过。过于执的自负、自满，只管自己博得一个“英明果断”的能名，不管百姓死活；他的主观、武断，他的运用得十分便捷的逻辑推理，已经是有目共睹。这里只想谈谈演员朱国梁同志所创造的形象。

我觉得他在人物的身份上掌握得十分准确。过于执是一个愚而自用的县官，但还不是一个渴血的酷吏，他跟以杀人作升官的本钱的大员——比如《老残游记》里的玉太尊，是有所不同的。同时把他的年龄特点也表现得很突出。他并不是少年得意，使气妄为，他很老大了；而他的老大跟他的无知和自满相结合，才更加可笑。不知别人有没有这样的感觉，我觉得这个过于执一出台的时候，给人一种非常之"干"的印象，他的腰腿面目都很僵硬干枯，他的灵魂也是干的。这样的人没有一点人情，没有任何幽默感，他从无"内省"，没有什么人的声音能打动他。演员对于角色的精神状态是体会得很深的。

"疑鼠、踏勘"是一场独特的、稀有的、少见的戏。许多中国戏在结构上有这样的一个特点：忙里偷闲，紧中有慢，越是紧张，越是从容；而这样，紧张就更向里收束，更是内在的，更深刻。比起追求表面的激情，这是更高的艺术。"疑鼠、踏勘"就是这样的戏。这场戏紧接在"见都"之后，况钟和周忱斗了一场，这一场又要和过于执斗，然而幕一打开，戏简直就像是重新开始，把前面的事情好像完全放下不管了，后面的事也一点不老是惦记着。

在若有所思的、简直有点抒情意味的音乐中，况钟等一行人走到尤葫芦家里。从况钟、过于执的扇子、皂隶的动作，非常真实而鲜明地渲染出一种空寂荒凉的气氛来，你简直闻得出满台呛人的尘土和霉气。这也暗示出事隔已久，时间会抹去当日的蛛丝马迹，让人觉得很难摸出头绪。同时从所有人（除了过于执）的十分谨慎而不免有点惴然的神态上，也使人充分地感觉出这是发生一件凶杀案的现场，不是什么别的地方。况钟绝不是一下子就探囊取物似的得出真相来的，不是的，他在案情的周围摸索了很久。他向总甲问了一些照例的问话，他仔细详察了大门、肉案、墙壁、床铺、地上的血迹……这些不是显出况钟的不够干练，而是显出了他的虚心，他的实事求是。这些细节不是多余的，而是增加了真实感，增加了深度。同时，从皂隶的精细认真，从审查肉案时门子用袖子给况钟拂去落在身上的尘土，可以看出况钟给予下属怎样的精神影响，他怎样受到身边人的爱戴，这些地方都十分令人感动，因而也更衬托出况钟人格的崇高。难得的是这些细节绝不是割断剧情的模拟生活的自然主义，不是喧宾夺主，而是江河不择细流，有推动剧情发展的作用。这是一场精致的戏。

在这一折戏里，过于执和况钟所占的地位是势均力敌的，两个人的一举一动随时都是扣在一起的，角色的呼应一刻也没有中断。这一场戏可以划出两段，以发现铜钱的地方为分水岭。在这以前过于执占着主动地位，他在斗争中占着上风；在这以后况钟占着主动地位，占了上风，而在全折发展中真正的主动人物又是况钟。这里非常真切地看出矛盾的发展和转换。一开头，过于执是“成竹在胸”，很有把握的。他嘲笑况钟的深入调查研究为“迂阔”。他也陪同察勘，也上上下下看了一遭，然而是虚应故事，视而未见，心不在焉。他的眼睛更多的时候是看着况钟。他冷眼看着况钟摸索，口角眼风掩不住轻蔑。他竟然胆敢装腔作势地用地上的血迹来捉弄况钟。竟然在问了声“大人是否曾见可疑之处”之后，用露骨的讽刺语气说：“啊！处处可疑啊！”他一个字一个字地念出自己审理此案是“凭、赃、凭、证，据、理、而、断！”真是目中无人。他用深深的打躬来表示抗傲，用笑声来宣泄满腔敌意。我们随时看见他的高高拱起的背，听到他的干涩的冷笑，而到“况大人胸有成竹，怎会徒劳往返？”仰起头来做了三声断开的、没有尾声的干笑之后，深深一躬，说道：“请——查！”他的肆无忌惮就达到了顶点，而他的暂时稳固的立脚点就开始摇晃起来了。从他对于况钟的进攻之中，我们只觉得况钟的虚怀若谷，沉静稳重，潜心考虑问题，毫不因为过于执的冷言冷语而分心动气，这是何等的风度！反过来，过于执则是多么的浅狭、无聊！到了发现铜钱之后，在况钟的层层深入、真正谨严的、具有充分前提的逻辑推论比照之下，过于执的逻辑的虚伪性就更加毕露了。他越来越强词诡辩，压制民意，希图掩饰蒙混过去，他的卑鄙险恶的心机也就越来越彻底地在观众的面前揭开。到了后来他跑到周忱面前倒打一耙，诬告况钟“捕风捉影，诡词巧辩，捏造凭证，颠倒是非，又假私访为名，每日游山玩水，分明是拖延斩期，包庇死囚”，这种毒辣的行径，是他的性格很逻辑的进一步发展。

从过于执的两场戏当中，我们看出昆苏剧团不但能使新加的东西不比原有的好东西逊色，而且能使新旧之间、部分与全体之间非常调协谐和，毫无生米、熟饭煮作一锅之感。从这场戏里，我们还可以看到作者、导演、演员之间的无间的合作，他们的艺术思想是那样的一致，以致使全戏的剧本和演出像是同时生长出来的，不是两件事。

从过于执的两场戏当中，我们是可以看出昆苏剧团在工作上（包括剧本整理、导演和演员表演）的创造性来的。向创造性致敬！

载一九五六年六月号《北京文艺》

辑四

这些人真有趣

01 吴大和尚和七拳半

我的家乡有“吃晚茶”的习惯。下午四五点钟，要吃一点点心，一碗面，或两个烧饼或“油端子”。一九八一年，我回到阔别四十余年的家乡，家乡人还保持着这个习惯。一天下午，“晚茶”是烧饼。我问：“这烧饼就是巷口那家的？”我的外甥女说：“是七拳半做的。”“七拳半”当然是个外号，形容这人很矮，只有七拳半那样高，这个外号很形象，不知道是哪个尖嘴薄舌而又极其聪明的人给他起的。

我吃着烧饼，烧饼很香，味道跟四十多年前的一样，就像吴大和尚做的一样。于是我想起吴大和尚。

我家除了大门、旁门，还有一个后门。这后门即开在吴大和尚住家的后墙上。打开后门，要穿过吴家，才能到巷子里。我们有时抄近，从后门出入，吴大和尚家的情况看得很清楚。

吴大和尚（这是小名，我们那里很多人有大名，但一辈子只以小名“行”）开烧饼饺面店。

我们那里的烧饼分两种。一种叫作“草炉烧饼”，是在砌得高高的炉里用稻草烘熟的。面粗，层少，价廉，是乡下人进城时买了充饥当饭的。一种叫作“桶炉烧饼”。用一只大木桶，里面糊了一层泥，炉底燃煤炭，烧饼贴在炉壁上烤熟。“桶炉烧饼”有碗口大，较薄而多层，饼面芝麻多，带椒盐味。如加钱，还可“插酥”，即在擀烧饼时加较多的“油面”，烤出，极酥软。如果自己家里拿了猪油渣和霉干菜去，做成霉干菜油渣烧饼，风味独绝。吴大和尚家做的是“桶炉”。

原来，我们那里饺面店卖的面是“跳面”。在墙上挖个洞，将木杠插在洞内，下置面案，木杠压在和得极硬的一大块面上，人坐在木杠上，反复压这一块面。因为压面时要一步一跳，所以叫作“跳面”。“跳面”可以切得极细极薄，下锅不浑汤，吃起来有韧劲而又甚柔软。汤料只有虾子、熟猪油、酱油、葱花，但是很鲜。如不加汤，只将面下在作料里，谓之“干拌”，尤美。我们把馄饨叫作饺子。吴家也卖饺子。但更多的人去，都是吃“饺面”，即一半馄饨，一半面。我记得四十年前吴大和尚家的饺面是一百二十文一碗，即十二个当十铜圆。

吴家的格局有点特别。住家在巷东，即我家后门之外，店堂却在对面。店堂里除了烤烧饼的桶炉，有锅台，安了大锅，卖面及饺子用；另有一张（只一张）供顾客吃面的方桌。都收拾得很干净。

吴家人口简单。吴大和尚有一个年轻的老婆，管包饺子、下面。他这个年轻的老婆个子不高，但是身材很苗条。肤色微黑。眼睛狭长，睫毛很重，是所谓“桃花眼”。左眼上眼皮有一小疤，想是小时生疮落下来。这块小疤使她显得很俏。但她从不和顾客眉来眼去，卖弄风骚，只是低头做事，不声不响。穿着也很朴素，只是青布的衣裤。她和吴大和尚生了一个孩子，还在喂奶。吴大和尚有一个妈，整天也不闲着，翻一家的棉袄棉裤，纳鞋底，摇晃睡在摇篮里的孙子。另外，还有个小伙计，“跳”面、烧火。

表面上看起来，这家过得很平静，不争不吵。其实不然。吴大和尚经常在夜里打他的老婆，因为老婆“偷人”。我们那里把和人发生私情叫作“偷人”。打得很重，用劈柴打，我们隔着墙都能听见。这个小个子女人很倔强，不哭，不喊，一声不出。

第二天早起，一切如常，该干什么还干什么。吴大和尚擀烧饼，烙烧饼；他老婆包饺子，下面。

终于有一天吴大和尚的年轻的老婆不见了，跑了，丢下她的奶头上的孩子，不知去向。我们始终不知道她的“孤佬”（我们那里把不正当的情人、野汉子，叫作“孤佬”）是谁。

我从小就对这个女人充满了尊敬，并且一直记得她的模样，记得她的桃花眼，记得她左眼上眼皮上的那一小块疤。

吴大和尚和这个桃花眼、小身材的小媳妇大概都已经死了。现在，这条巷口出现了七拳半的烧饼店。我总觉得七拳半和吴大和尚之间有某种关联，引起我一些说不清楚的感慨。

七拳半并不真是矮得出奇，我估量他大概有一米五六。是一个很有精神的小伙子。他是一个名副其实的“个体户”，全店只有他一个人。他不难成为万元户，说不定已经是万元户，他的烧饼做得那样好吃，生意那样好。我无端地觉得，他会把本街的一个最漂亮的姑娘娶到手，并且这位姑娘会真心爱他，对他很体贴。我看看七拳半把烧饼贴在炉膛里的样子，觉得他对这点充满信心。

两个做烧饼的人所处的时代不同。我相信七拳半的生活将比吴大和尚的生活更合理一些，更好一些。

也许这只是我的希望。

载一九八八年十二月七日《人民日报》

02 捡烂纸的老头

烤肉刘早就不卖烤肉了，不过虎坊桥一带的人都还叫它烤肉刘。这是一家平民化的回民馆子，地方不小，东西实惠。卖大锅菜。炒辣豆腐、炒豆角、炒蒜苗、炒洋白菜，比较贵一点是黄焖羊肉，也就是块儿来钱一小碗。在后面做得了，用脸盆端出来，倒在几个深深的铁罐里，下面用微火煨着，倒总是温和的。有时也卖小勺炒菜：大葱炮羊肉、干炸丸子、它似蜜……主食有米饭、花卷、芝麻烧饼、螺丝转儿；卖面条，浇炸酱、浇卤。夏天卖麻酱面。卖馅儿饼。烙饼的炉紧贴着门脸儿，一进门就听到饼铛里的油吱吱喳喳地响，饼香扑鼻，很诱人。

烤肉刘的买卖不错，一到饭口，尤其是中午，人总是满的。附近有几个小工厂，厂里没有食堂，烤肉刘就是他们的食堂。工人们都在壮年，能吃，馅饼至少得来五个（半斤），一瓶啤酒，二两白的。女工则多半是拿一个饭盒来，买馅饼，或炒豆腐、花卷，带到车间里去吃。有一些退休的职工，不爱吃家里的饭，爱上烤肉刘来吃“野食”，想吃什么要点什么。有一个文质彬彬的主儿，原来当会计，他每天都到烤肉刘这儿来，他和家里人说定，每天两块钱的“挑费”都扔在这儿。有一个煤站的副经理，现在也还参加劳动，手指甲缝都是黑的，他在烤肉刘吃了十来年了。他来了，没座位，服务员即刻从后面把他们自己坐的凳子搬出一张来，把他安排在一个旮旯里。有炮肉，他总是来一盘炮肉，仨烧饼，二两酒。给他炮的这一盘肉，够别人的两盘，因为烤肉刘指着他保证用煤。这些，都是老主顾。还有一些流动客人，东北的、山西的、保定的、石家庄的。大包小包，五颜六色。男人用手指甲剔牙，女人敞开怀喂奶。

有一个人是每天必到的，午晚两餐，都在这里。这条街上的人都认识他，是个捡烂纸的。他穿得很破烂，总是一件油乎乎的烂棉袄，腰里系一根烂麻绳，没有衬衣。脸上说不清是什么颜色，好像是浅黄的。说不清有多大岁数，六十几？七十几？一嘴牙七长八短，残缺不全。你吃点软和的花卷、面条，不好吗？不，他总是要三个烧饼，歪着脑袋努力地啃啮。烧饼吃完，站起身子，找一个别人用过的碗（他可不在乎这个），自言自语："跟他们寻一口面汤。"喝了面汤，"回见！"没人理他，因为不知道他是向谁说的。

一天，他和几个小伙子一桌。一个小伙子看了他一眼，跟同伴小声说了句什么。他多了心："你说谁哪？"小伙子没有理他。他放下烧饼，跳到店堂当间："出来！出来！"这是要打架。北京人过去打架，都到当街去打，不在店铺里打，免得损坏人家的东西搅了人家的买卖。"出来！出来！"是叫阵，没人劝。压根儿就没人注意他。打架？这么个糟老头子？这老头可真是糟。从里糟到外。这几个小伙子，随便哪一个，出去一拳准把他揍趴下。小伙子们看看他，不理他。

这么个糟老头子想打架，是真的吗？他会打架吗？年轻的时候打过架吗？看样子，他没打过架，他哪里是耍胳膊的人哪！他这是干什么？虚张声势？也说不上，无声势可言。没有人把他当一回事。

没人理他，他悻悻地回到座位上，把没吃完的烧饼很费劲地啃完了。情绪已经平复下来——本来也没有多大情绪。"跟他们寻口汤去。"喝了两口面汤，"回见！"

有几天没看见捡烂纸的老头了，听煤站的副经理说，他死了。死后，在他的破席子底下发现八千多块钱，一沓一沓，用麻筋捆得很整齐。

他攒下这些钱干什么？

载一九九一年二卷第一期《新地》

03 老董

为了写国子监，我到国子监去逛了一趟，不得要领。从首都图书馆抱了几十本书回来，看了几天，看得眼花气闷，而所得不多。后来，我去找了一个“老”朋友聊了两个晚上，倒像是明白了不少事情。我这朋友世代在国子监当差，“侍候”过翁同龢、陆润庠、王垿等祭酒，给新科状元打过“状元及第”的旗，国子监生人，今年七十三岁，姓董。

——引自《国子监》

我写《国子监》大概是一九五四年，老董如果活着，已经一百一十岁了。

我认识老董是在午门历史博物馆，时间大概是一九四八年春末夏初。

老历史博物馆人事简单，馆长以下有两位大学毕业生，一位是学考古的，一位是学博物馆专业的；一位马先生管仓库，一位张先生是会计，一个小赵管采购，以上是职员。有八九个工人。工人大部分是陈列室的看守，看着正殿上的宝座、袁世凯祭孔时官员穿的道袍不像道袍的古怪服装、没有多大价值的文物。有一个工人是个聋子，专管扫地，扫五凤楼前的大石坪、甬道。聋子爱说话，但是他的话我听不懂，只知道他原先是银行职员，不知道怎样沦为工人了，再有就是老董和他的儿子德启。老董只管掸掸办公室的尘土，拔拔广坪石缝中的草。德启管送信。他每天把一堆信排好次序，“绺一绺道”，跨上自行车出天安门。

老董曾经“阔”过。

据朋友老董说，纳监的监子除了要向吏部交一笔钱，领取一张“护照”外，还须向国子监交钱领“监照”——就是大学毕业证书。照例一张监照，交银一两七钱。国子监旧例，积银二百八十两，算一个“字”，按“千字文”数，有一个字算一个字，平均每年约收入五百字上下。我算了算，每年国子监收入的监照银约有十四万两……这十四万两银子照国家规定是不上缴的，由国子监官吏皂役按份摊分……据老董说，连他一个“字”也分五钱八分，一年也从这一项上收入二百八九十两银子！

老董说，国子监还有许多定例。比如，像他，是典籍厅的刷印匠，管理给学生“做卷”——印制作文用的红格本子，这事包给了他，每月领十三两银子。他父亲在时还会这宗手艺，到他时则根本没有学过，只是到大栅栏口买一刀毛边纸，拿到琉璃厂找铺子去印，成本共花三两，剩下十两，是他的。所以，老董说，那年头，手里的钱花不清——烩鸭条才一吊四百钱一卖！

——引自《国子监》

据老董说，他儿子德启娶亲，搭棚办事，摆了三十桌——当然这样的酒席只是“肉上找”，没有海参鱼翅，而且是要收份子的，但总也得花不少钱。

他什么时候到历史博物馆来，怎么来的，我没有问过他。到我认识他时，他已经不是“手里的钱花不清”了，吃穿都很紧了。

历史博物馆的职工中午大都是回家吃，有的带一顿饭来。带来的大都是棒子面窝头、贴饼子。只有小赵每天都带白面烙饼，用一块屉布包着，显得很“特殊化”。小赵原来打小鼓的出身，家里有点积蓄。

老董在馆里住，饭都是自己做。他的饭很简单，凑凑合合，小米饭。上顿没吃完，放一点水再煮煮。拨一点面疙瘩，他说这叫“鱼儿钻沙”。有时也煮一点大米饭。剩饭和面和在一起，擀一擀，烙成饼。这种米饭面饼，我还没见过别人做过。菜，一块熟疙瘩，或是一团干虾酱，咬一口熟疙瘩、干虾酱，吃几口饭。有时也做点熟菜，熬白菜。他说，北京好，北京的熬白菜也比别处好吃——五味神在北京。“五味神”是什么神？我至今没有考查出来。

他对这样凑凑合合的一日三餐似乎很“安然”，有时还颇能自我调侃，但是内心深处是个愤世者。生活的下降，他是不会满意的。他的不满，常常会发泄在儿子身上。有时为了一两句话，他忽然暴怒起来，跳到廊子上，跪下来对天叩头：“老天爷，你看见了？老天爷，你睁睁眼！”

每逢老董发作的时候，德启都是一声不言语，靠在椅子里，脸色铁青。

别的人，也都不言语，因为知道老董的感情很复杂，无从解劝。

老董没有嗜好，年轻时喝黄酒，但自我认识他起，他滴酒不沾，他也不抽烟。我写了《国子监》，得了一点稿费，因为有些材料是他提供的，我买了一个玛瑙鼻烟壶，烟壶的顶盖是珊瑚的，送给他。他很喜爱。我还送了他一小瓶鼻烟，但是没见他闻过。

一九六〇年我到东堂子胡同历史博物馆宿舍去看我的老师沈从文，一进门，听到一个人在传达室里骂大街，一听，是老董。

没有人劝。骂让他骂去吧，一个八十多的老人了，谁也不能把他怎么样。

老董经过前清、民国、袁世凯、段祺瑞、北伐、日本、国民党、共产党，他经过的时代太多了。老董如果把他的经历写出来，将是一本非常精彩的回忆录（老董记性极好，哪年哪月，白面多少钱一袋，他都记得一清二楚），这可能是一份珍贵的史料——尽管是野史。可惜他没有写，也没有人让他口述记录下来。

一九九三年三月二十日

载一九九三年第十期《追求》

04 祁茂顺

祁茂顺在午门历史博物馆蹬三轮车。

他原先不是蹬车的，他有手艺：糊烧活，裱糊顶棚。

单件的烧活，接三轿马，一个人鼓捣一天，就能完活。祁茂顺在家里糊烧活。他家的门敞着，为的是做活有地方，也才豁亮。他在糊烧活的时候，总有一堆孩子围着看。糊得了，就在门外放着：一匹高头大白马——跟真马一样大，金鞍玉辔紫丝缰；拉着一辆花轱辘轿子车，蓝车帷，紫红软帘，软帘贴着金纸的团寿字。不但是孩子，就是路过的大人也要停步看看，而且连声赞叹："地道！祁茂顺心细手巧！"

如果是成堂的大活：三进大厅、亭台楼阁、花园假山……一个人忙不过来，就得约两三个同行一块干。订烧活的规矩，事前不付定钱，由承活的先凑出一份钱垫着，好买色纸、秫秸、金粉、银粉、鳔胶、糨糊。交活的时候再收钱，早先订烧活，都是老式的房屋家具，后来有要糊洋房的，要糊小汽车、摩托车、收音机、电风扇……人家要什么，他们都能糊出来。后来订烧活的越来越少了，都兴火葬了，谁家还会弄了一堂“车船轿马”拉到八宝山去?

祁茂顺的主要的活就剩下裱糊顶棚了。后来糊顶棚的活也少了。北京的平房讲究“灰顶花砖地”。纸糊的顶棚很少见了——容易坏，而且招蟑螂，招耗子。钢筋水泥的楼房更没有谁家糊个纸顶棚的。

祁茂顺只好改行。

午门历史博物馆原来编制很小，没有几个职员，不知道为什么，却给馆长配备了一辆三轮车，用以代步。经人介绍，祁茂顺到历史博物馆来蹬三轮车。馆长姓韩。祁茂顺每天一早蹬车接韩馆长上班，中午送他回家吃饭，下午再接他到馆里，下班送他回家。韩馆长是个方正守法的人，除了上下班，到什么地方开会，平常不为私人的事用车，因此祁茂顺的工作很轻松。

祁茂顺很爱护这辆三轮车，总是擦洗得干干净净的。晚上把车蹬回家，锁上，不许院里的孩子蹬着玩。

不过街坊邻居有事求他，他总是有求必应的。

隔壁陈大妈来找祁茂顺。

“茂顺大哥，你大兄弟病了，高烧不退，想麻烦您送他上一趟医院，不知您的车这会儿得空不得空？”

“没事，交给我了！”

祁茂顺把病人送到医院。挂号、陪病人打针、领药，他全都包了。

祁茂顺人缘很好。

离祁茂顺家不远，住着一家姓金的。他是旗人皇室宗亲，是“世袭罔替”的贝勒，行四。旗人见面时还称他为“四贝勒”，街坊则称之为金四爷。辛亥革命后，旗人再也不能吃皇粮了。旗人不治产业，不会种地，不会经商，不会手艺，坐吃山空，日渐穷困。“四贝勒”怎么生活呢？幸好他的古文底子很好，又学过中医，协和医学院典籍教研室知道他，特约他校点中医典籍，这样他就有了稳定的收入，吃麻酱面没有问题，他过过豪华的日子，再也不能摆贝勒的谱，有麻酱面也就知足——不过他吃一碟水疙瘩咸菜还得切得像头发丝那么细。

他中年丧偶，无儿无女，只有一个侄女帮他做做饭，洗洗衣裳。

贝勒府原是很大的四合院，后来大部分都卖给同仁堂乐家当了堆放药材的栈房，他只保留了三间北房。

三间北房，两个人，也够住的了。金四爷还保留一些贝勒的习惯。他不爱“灰顶花砖地”，爱脚踩方砖，头上是纸顶棚，“四白落地”。

上个月下雨，顶棚漏湿了，垮下了一大片。金四爷找到了祁茂顺，说：“茂顺，你给我把顶棚裱糊一下。”

祁茂顺说：“行！星期天。”

祁茂顺星期天一早就来了，带了他的全套工具：棕刷子，棕笤帚，一盆稀稀的糨子，一大沓大白纸。这大白纸是纸铺里切好的，四方的，每一张都一样大小，不是要用时现裁。

金四爷看着祁茂顺做活。

只见他用棕刷子在大白纸上噌噌两刷子，轻轻拈起来，用棕笤帚托着，腕子一使劲，大白纸就“吊”上了顶棚。棕笤帚抹两下，大白纸就在顶棚上呆住了。一张一张大白纸压着韭菜叶宽的边，平平展展、方方正正、整整齐齐。拐弯抹角用的纸也都用眼睛量好了的，不宽不窄，正合适，棕笤帚一抹，连一点褶子都没有。而且，用的大白纸正好够数，不多一张，不少一张。连糨子都正好使完，没有一点糟践。金四爷看着祁茂顺的“表演”，看得傻了，说：“茂顺，你这两下子真不简单！眼睛、手里怎么能有那么准？”

“也就是个熟。”

“没有个三年五载，到不了这功夫！”

“那倒是。”

金贝勒给祁茂顺倒了一杯沏了两开的热茶，祁茂顺尝了一口：“好茶！还是叶和元的双窨香片？”

“喝惯了。”

祁茂顺告辞。

“茂顺，别走，咱们到大酒缸喝两个去（大酒缸用的都是豆绿酒碗，一碗二两，叫作‘一个’）。”

“大酒缸？现在上哪儿找大酒缸去？”

“八面槽不就有一家吗？他们的酥鱼做得好。”

“金四爷，您这可真是老皇历了！八面槽大酒缸早都没了。现在那儿改了门脸儿，卖手表照相机。酥鱼？可着北京，现在大概都找不出一碟酥鱼！”

“大酒缸没有了？”

“没有喽。”

金贝勒喝着茶，连说了几句：“大酒缸没有了。大酒缸没有了。”

很难说得清他的话是什么意思。

载一九九四年十二月二十九日《钱江晚报》

05 林斤澜！哈哈哈哈……

林斤澜这个名字很怪。他原名庆澜，意思是庆祝河水安澜，大概生他那年他们家乡曾遭过一次水灾，后来水退了。不知从哪年，他自己改名“斤澜”。我跟他说过，“斤澜”没讲，他也说：“没讲！”他们家的人名字都有点怪，夫人叫“古叶”，女儿叫“布谷”。大概都是他给起的。斤澜好怪，好与众不同。他的《矮凳桥风情》里有三个女孩子，三姐妹叫笑翼、笑耳、笑杉。小城镇哪里会有这样的名字呢？我琢磨了很久，才恍然大悟：原来只是小一、小二、小三。笑翼的妈妈给儿女起名字时不会起这样的怪名字的，这都是林斤澜搞的鬼。夏尚质，周尚文，林尚怪。林斤澜被称为“怪味胡豆”，罪有应得。

斤澜曾患心脏病，三十岁就得过一次心肌梗死，后来又得过一次，但都活下来了。六十岁时他就说过他活得已经够了本，再活就是白饶。斤澜的身体不算好，但他不在乎。我这些年出外旅游，总是“逢高不上，遇山而止”，斤澜则是有山就爬。他慢条斯理地，一步一步地走，还误不了看山看水，结果总是他头一个到山顶。一览众山小，笑看众头低。他应该节制饮食，但是他不，每有小聚，他都是谈笑风生，饮啖自若。不论是黄酒、白酒、葡萄酒、啤酒，全都招呼。最近有一次，他同时喝了三种酒。人常说酒喝杂了不好，斤澜说：“没事！”斤澜爱吃肉。“三天不吃肉就觉得难受。”他吃肉不讲究部位，冰糖肘子、腌笃鲜、蒜泥白肉，都行。他爱吃猪头肉，尤其爱吃“拱嘴”——猪鼻子，以为乃人间之“大美”。他是温州人，说起生吃海鲜，眉飞色舞。吃海鲜，喝黄酒，嘿！不过温州的“老酒汗”（黄酒再蒸一次）我实在喝不出好来。温州人还有一种喝法，在黄酒里加鸡蛋，煮热，这算什么酒！斤澜的吃喝是很平民化的。我和他曾在屯溪街头一小吃店的檐下，就一盘煮螺蛳，一人喝了两瓶加饭[①]。他爱吃豆腐，老豆腐、嫩豆腐、毛豆腐、臭豆腐，都好，煎炒煮炸，都好。我陪他在乐山小饭馆吃了乡坝头上的菜豆花，好！

斤澜的生活是很平民化的。他不爱洗什么桑拿浴，愿意在澡堂的大池子里（水很烫）泡一泡，泡得大汗淋漓，浑身作嫩红色。他大概是有几身西服的，但我从未见过他穿整齐的套服、打领带。他爱穿夹克，里面是条纹格子衬衫。衬衫就是街上买的，棉料的多，颜色倒是不怕花哨。

斤澜的平民化生活习惯来自于他对生活的平民意识。这种平民意识当然会渗入他的作品。

斤澜的哈哈笑是很有名的。这是他的保护色。斤澜每遇有人提到某人、某事，不想表态，就把提问者的原话重复一次，然后就殿以哈哈的笑声。“×××，哈哈哈哈……”“这件事，哈哈哈哈……”把想要从口中掏出他的真实看法的新闻记者之类的人弄得莫名其妙，斤澜这种使人摸不着头脑抓不住尾巴的笑声，使他摆脱了尴尬，而且得到一层安全的甲壳。

斤澜极少臧否人物，但是是非清楚，爱憎分明。他一直在北京市文联工作，对市文联的领导、一般干部的遗闻轶事了如指掌。比如老舍挨

---

① 加饭酒。——编者注

斗，是他亲眼所见，亲耳所闻，揭发批判老舍的人是赖也赖不掉的。斤澜平时似很温和，总是含笑看世界，但他的感情是非常强烈的。

斤澜对青年作家（现在都已是中年了）是很关心的，对他们的作品几乎一篇不落地都看了，包括一些评论家的不断花样翻新、用一种不中不西稀奇古怪的语言所写的论文。他看得很仔细，能用这种古怪语言和他们对话。这一点，他比我强得多。

林斤澜！哈哈哈哈……

载一九九七年第二期《时代文学》

06 哲人其萎

——悼端木蕻良同志

端木蕻良真是一位才子。二十来岁，就写出了《科尔沁旗草原》。稿子寄到上海，因为气魄苍莽，风格清新，深为王统照、郑振铎诸先生所激赏，当时就认为这是一部划时代的大小说，应该尽快发表、出版。原著署名“端木红粮”，王统照说“红粮”这个名字不好，亲笔改为“端木蕻良”。从此端木发表作品就用了这个名字。他后在上海等地发表了一些短篇小说，其中《鸢鹭湖的忧郁》最受注意。这篇小说发散着东北黑土的浓郁的芳香，我觉得可以和梭罗古柏比美。端木后将短篇小说结集，即以此篇为书名。

端木多才多艺。他从上海转到四川，曾写过一些歌词，影响最大的是由张定和谱曲的《嘉陵江上》。这首歌不像“我的家在东北松花江上”那样过于哀伤，也不像“大刀向鬼子们的头上砍去”那样直白，而是婉转深挚，有一种“端木蕻良式”的忧郁，又不失“我必须回去”的信念，因此在大后方的流亡青年中传唱甚广。他和马思聪好像合作写过一首大合唱，我于音乐较为隔膜，记不真切了。他善写旧体诗，由重庆到桂林后常与柳亚子、陈迩冬等人唱和。他的旧诗间有拗句，但俊逸潇洒，每出专业诗人之上。他和萧红到香港后，曾两个人合编了一种文学杂志，那上面发表了一些端木的旧体诗。我只记得一句：

落花无语对萧红

我觉得这颇似李商隐，在可解不可解之间。端木的字很清秀，宗法二王。他的文稿都很干净。端木写过戏曲剧本。他写戏曲唱词，是要唱着写的，唱的不是京剧，却是桂剧。端木能画。和萧红在香港合编的杂志中有的小说插图即是端木手笔。不知以何缘由，他和王梦白有很深的交情。我见过他一篇写王梦白的文章，似传记性的散文，又有小说的味道，是一篇好文章！王梦白在北京的画家中是最为萧疏淡雅的，结构重留白，用笔如流水行云，可惜死得太早了。一个人能对王梦白情有独钟，此人的艺术欣赏品味可知矣！

端木到北京市文联后，没有得到应有的重视，不知是什么原因。他被任为创研部主任，这是一个闲职。以端木的名声、资历，只在一个市级文联当一个创研部主任，未免委屈了他，然而端木无所谓。

关于端木的为人，有些议论。不外是两个字，一是冷，二是傲。端木交游不广，没有多少人来探望他，他也很少到显赫的高门大宅人家走动，既不拉帮结伙，也无酒食征逐，随时可以看到他在单身宿舍里伏案临帖——他写“玉版十三行洛神赋”；看书；哼桂剧。他对同人疾苦，并非无动于衷，只是不善于逢年过节“代表组织”到各家循例做礼节性的关怀。这种“关怀”也实在没有多大意思。至于“傲”，那是有的。他曾在武汉待过一些时候。武汉文化人不多，而门户之见颇深，他也不愿自竖大旗希望别人奉为宗师。

真知道端木的“实力”的，是老舍。老舍先生当时是市文联主席，见端木总是客客气气的（不像一些从解放区来的中青年作家不知道端木这位马王爷有“三只眼”）。老舍先生在一次大家检查思想的生活会上说：“我在市文联只‘怕’两个人，一个是端木，一个是汪曾祺。端木书读得比我多，学问比我大。今天听了他们的发言，我放心了。”老舍先生说话有时是非常坦率的。

端木晚年主要力量放在写《曹雪芹》上。有人说端木这一着是失算，因为材料很少，近乎是无米之炊。我于此稍有不同看法。一是作为小说的背景材料是不少的。端木对北京的礼俗、节令、吃食、赛会，搜集了很多，编组织绘，使这大部头小说充满历史生活色彩，人物的活动便有了广宽天地，此亦曹雪芹写《红楼梦》之一法。有些对人物的设计，诚然虚构的成分过大。如小说开头写曹雪芹小时候是当女孩子养活的。有评论家云：“这个端木蕻良真是异想天开！说曹雪芹打扮成丫头，有何根据?!”没有根据！然而何必要有根据?这是小说，是充满浪漫主义色彩的小说，不是传记，不是言必有据的纪实文学，是想象，不是考证。我觉得治“红学”的专家缺少的正是想象。没有想象，是书呆子。

端木的身体一直不好。我认识他时他就直不起腰来，天还不怎么冷就穿起貉绒的皮裤，他能“对付”到八十五岁，而且一直还不放笔，写出不少东西，真是不容易。只是我还是有些惋惜，如果他能再“对付”几年，把《曹雪芹》写完，甚至写出《科尔沁旗草原》第二部，那多好！

一九九六年十一月二十八日

载一九九七年第三期《北京文学》

红花莲子白花藕，果贩叶三是我师。惭愧画家少见识，为君破例著胭脂。

——《鉴赏家》

07 谭富英逸事

谭富英有时很“逗”，有意见不说，却用行动表示。他嫌谭小培给他的零花钱太少了，走到父亲跟前，摔了个硬抢背。谭小培明白，富英的意思是说：你给我的钱太少，我就摔你的儿子！五爷（谭小培行五，梨园行都称之为五爷）连忙说：“哎呀，儿子！有话你说！有话说！别这样！”梨园行都说谭小培是个“有福之人”。谭鑫培活着时，他花老爷子的钱；老爷子死了，儿子富英唱红了，他把富英挣的钱全管起来，每月只给富英有数的零花。富英这一抢背，使他觉得对儿子克扣得太紧，是得给长长份儿。

有一年，在哈尔滨唱。第二天谭富英要唱的是重头戏，心里有负担，早早就上了床，可老睡不着。同去的有裘盛戎。他第二天的戏是一出“歇工戏”。盛戎晚上弄了好些人在屋里吃涮羊肉，猜拳对酒，喊叫喧哗，闹到半夜。谭富英这个烦呀！他站到当院唱了一句倒板：“听谯楼打九更……”“打九更”？大伙一愣，盛戎明白，意思是都这会儿了，你们还这么吵嚷！忙说：“谭团长有意见了，咱们小点儿声，小点儿声！”

有一个演员，练功不使劲，谭富英看了摇头。这个演员说：“我老了，翻不动了！”谭富英说：“对！人生三十古来稀，你是老了！”

谭富英一辈子没少挣钱，但是生活清简。一天就是蜷在沙发里看书，看历史（据说他能把二十四史看下来，恐不可靠），看困了就打个盹，醒来接茬再看，一天不离开他那张沙发。他爱吃油炸的东西，炸油条、炸油饼、炸卷果，都欢喜（谭富英不说“喜欢”，而说“欢喜”）；爱吃鸡蛋，炒鸡蛋、煎荷包蛋、煮鸡蛋，都行。抗美援朝时，他到过朝鲜，部队首长问他们生活上有什么要求，他说想吃一碗蛋炒饭。那时朝鲜没有鸡蛋，部队派吉普车冒着炮火开到丹东，才弄到几个鸡蛋。为此，有人在“文革”中又提起这事。谭富英跟我小声说：“我哪儿知道几个鸡蛋要冒这样的危险呀！知道，我就不吃了！”谭富英有个“三不主义”：不娶小、不收徒、不做官。他的为人，梨园行都知道。

谭富英病重住院。他原有心脏病，这回大概还有其他病并发，已经报了“病危”，服药注射，都不见效。谭富英知道给他开的都是进口药，很贵，就对医生说：“这药留给别人用吧！我用不着了！”终于与世长辞，死得很安静。

赞曰：

生老病死，全无所谓。

抱恨终生，无端“劝退”。

载一九九七年三月五日《北京晚报》

08 唐立厂先生

唐立厂[①]先生名兰，“立厂”是兰的反切。离名之反切为字，西南联大教授中有好几位，如王力——了一。这大概也是一时风气。

唐先生没有读过正式的大学，只在唐文治办的无锡国学馆读过，但因为他的文章为王国维、罗振玉所欣赏，一夜之间，名满京师。王国维称他为“青年文字学家”。王国维岂是随便“逢人说项”者乎？这样，他年轻轻地就在北京、辽宁（唐先生谓之奉天）等大学教了书。

他在西南联大时已经是教授。他讲《说文解字》时，有几位已经很有名的教授都规规矩矩坐在教室里听。西南联大有这样一个好学风：你有学问，我就听你的课，不觉得这有什么丢人。唐先生对金文甲骨都有很深的研究。尤其是甲骨文。当时治甲骨文的学者号称有“四堂”：观堂（王国维）、雪堂（罗振玉）、彦堂（董作宾）、鼎堂（郭沫若）。其实应该加上一厂（唐立厂）。难得的是他治学无门户之见。郭沫若研究古文字是自学，无师承，有些右派学者看不起他，唐立厂独不然，他对郭沫若很推崇，在一篇文章中说过：“鼎堂导夫先路”，把郭置于诸家之前。他提起郭沫若总是读其本字“郭沬若”，沬音妹，不读泡沫的沫。唐先生是无锡人，说话用吴语，“郭”“若”都是入声，听起来有一种特殊的味道，让人觉得亲切。唐先生说诸家治古文字是手工业，一个

---

① “厂”读庵，不读工厂的厂。

字一个字地认，他是小机器工业。他认出一个“斤”字，于是凡带斤字偏旁的字便都迎刃而解，一认一大批。在当时认古文字数量最多的应推唐立厂。

唐先生兴趣甚广，于学无所不窥。有一年教词选的教授休假，他自告奋勇，开了词选课。他的教词选实在有点特别。他主要讲《花间集》,《花间集》以下不讲。其实他讲词并不讲，只是打起无锡腔，把这一首词高声吟唱一遍，然后加一句短到不能再短的评语。

“‘双鬓隔香红啊，玉钗头上风。’——好！真好！”

这首词就算讲完了。学生听懂了没有？听懂了！从他的做梦一样的声音神情中，体会到了温飞卿此词之美了。讲是不讲，不讲是讲。

唐先生脑袋稍大，一年只理两次发，头发很长，他又是个卷发，从后面看像一只狻猊——就是卢沟桥上的石狮子，也即是耍狮子舞的那种狮子，不是非洲狮子。他有一阵住在大观楼附近的乡下。请了一个本地的女孩子照料生活，洗洗衣裳，做饭。唐先生爱吃干巴菌，女孩子常给他炒青辣椒干巴菌。有时请几个学生上家里吃饭，必有这一道菜。

唐先生有过一段Romance，他和照料他生活的女孩子有了感情，为她写了好些首词。他也并不讳言，反而抄出来请中文系的教授、讲师传看。都是“花间体”。据我们系主任罗常培（莘田）说：“写得很艳！”

唐先生说话无拘束，想到什么就说。有一次在系办公室说起闻一多、罗膺中（庸），这是两个中文系上课最“叫座”的教授，闻先生教楚辞、唐诗、古代神话，罗先生讲杜诗。他们上课，教室里座无虚席，有一些工学院学生会从拓东路到大西门，穿过整个昆明城赶来听课。唐立厂当着系里很多教员、助教，大声评论他们二位：“闻一多集穿凿附会之大成；罗膺中集啰唆之大成！”他的无锡语音使他的评论更富力度。教员、助教互相看看，不赞一词。“处世无奇但率真”，唐立厂先生是一个胸无渣滓的率真的人。他的评论并无恶意，也绝无“打击别人抬高自己”的用心。他没有考虑到这句话传到闻先生、罗先生耳中会不会使他们生气，也没有无聊的人会搬弄是非，传小话。即使闻先生、罗先生听到，也不会生气的。西南联大就是这样一所大学，这样的一种学风：宽容，坦荡，率真。

一九九七年三月十一日

载一九九七年九月十九日《南方周末》

09 未尽才
——故人偶记

陶光

陶光字重华，但我们背后都只叫他陶光。他是我的大一国文教作文的老师。西南联大大一教课文和教作文的是两个人。教课文的是教授、副教授，教作文的一般是讲师、助教。陶光当时是助教。陶光面白皙，风度翩翩。他有个特点。上课穿了两件长衫来，都是毛料的，外面一件是铁灰色的，里面一件是咖啡色的。进了教室就把外面一件脱了，挂在墙上的钉子上。外面一件就成了夹大衣。教作文，主要是修改学生的作文，评讲。他有时评讲到得意处，就把眼睛闭起来，很陶醉。有一个也是姓陶的女同学写了一篇抒情散文，记下雨天听一盲人拉二胡的感受，陶先生在一段的末尾给她加了一句："那湿冷的声音湿冷了我的心。"当时我就记住了。也许是因为第二个"湿冷"是形容词作动词用，有点新鲜。也许是这一句的感伤主义情绪。

他后来转到云南大学教书去了，好像升了讲师。

后来我跟他熟起来是因为唱昆曲。云南大学中文系成立了一个曲社，教学生拍曲子的，主要的教师是陶光。吹笛子的是历史系教员张宗和。陶先生的曲子唱得很好，是跟红豆馆主学过的。他是唱冠生的，嗓子很好，高亮圆厚，底气很足。《拾画叫画》《八阳》《三醉》《琵琶记·辞朝》《迎像哭像》……都唱得慷慨淋漓，非常有感情。用现在的说法，他唱曲子是很“投入”的。

他主攻的学问是什么，我不了解。他是刘文典的学生，好像研究过《淮南子》。据说他的旧诗写得很好，我没有见过。他的字写得很好，是写二王的。我见过他为刘文典的《〈淮南子〉校注》石印本写的扉页的书题，极有功力。还见过他为一个同学写的小条幅，是写在桃红地子的冷金笺上的，三行：

故园东望路漫漫，
双袖龙钟泪不干。
马上相逢无纸笔，
凭君传语报平安。

字有《圣教序》笔意。选了这首唐诗，大概是有所感的，那时已是抗战胜利，联大的老师、同学都作北归之计，他还要滞留云南。他常有感伤主义的气质，触景生情是很自然的。

他留在云南大学教书。我们北上后不大知道他的消息。听说经刘文典做媒，和一个唱滇戏的女演员结了婚。后来好像又离了。滇戏演员大概很难欣赏这位才子。

中华人民共和国成立前他去了台湾，大概还是教书。后在台湾客死，遗诗一卷。我总觉得他在台湾是寂寞的。

陆

真抱歉，我连他的真名都想不起来了。和他同时期的研究生都叫他“小陆克”。陆克是三十年代美国滑稽电影明星。叫他小陆克是没有道理的。他没有哪一点像陆克，只是因为他姓陆。长脸，个儿很高。两腿甚长，走起路来有点打晃。这个人物有点传奇性，他曾经徒步旅行了大半个中国。所以能完成这一壮举，大概是因为他腿长。

他在云南大学附近的一所中学——南英中学兼一点课，我也在南英中学教一班国文，联大同学在中学兼课的很多，这样我们就比较熟了。他的特点是一天到晚泡茶馆，可称为联大泡茶馆的冠军。他把脸盆、毛巾、牙刷都放在南英中学下坡对面的一家茶馆里，早起到茶馆洗脸，然后泡一碗茶，吃两个烧饼。他的手指特别长，拿烧饼的姿势是兰花手。吃了烧饼就喝茶看书。他好像是历史系的研究生，所看的大都是很厚的外文书。中午，出去随便吃点东西，回来重要一碗茶，接着泡。看书，整个下午。晚上出去吃点东西，回来接着泡。一直到灯火阑珊，才挟了厚书回南英中学睡觉。他看了那么多书，可是一直没见他写过什么东西。联大的研究生、高年级的学生，在茶馆里喜欢高谈阔论，他只是在一边听着，不发表他的见解。他到底有没有才华？我想是有的。也许他眼高手低？也许天性羞涩，不爱表现？

他后来到了重庆，听说生活很潦倒，到了吃不上饭。终于死在重庆。

朱南铣

朱南铣是个怪人。我是通过朱德熙和他认识的。德熙和他是中学同学。他个子不高，长得很清秀，一脸聪明相，一看就是江南人。研究生都很佩服他，因为他外文、古文都很好，很渊博。他和另外几个研究生被人称为“无锡学派”，无锡学派即钱钟书学派，其特点是学贯中西，博闻强记。他是念哲学的，可是花了很长时间钻研滇西地理。

他家在上海开钱庄，他有点“小开”脾气。我们几个人：朱德熙、王逊、徐孝通常和他一起喝酒。昆明的小酒铺都是窄长的小桌子，盛酒的是莲蓬大的绿陶小碗，一碗一两。朱南铣进门，就叫“摆满”，排得一桌酒碗。他最讨厌在吃饭时有人在后面等座。有一天，他和几个人快吃完了，后面的人以为这张桌子就要空出来了，不料他把堂倌叫来：“再来一遍！”——把刚才上过的菜原样再上一次。

他只看外文和古文的书，对时人著作一概不看。我和德熙到他家开的钱庄去看他，他正躺在藤椅上看方块报，说：“我不看那些学术文章，有时间还不如看看方块报。”

他请我们几个人到老正兴吃螃蟹喝绍兴酒。那天他和我都喝得大醉，回不了家，德熙等人把我们两人送到附近一家小旅馆睡了一夜。德熙后来跟我说："你和他喝酒不能和他喝得一样多。如果跟他喝得一样多，他一定还要再喝。"这人非常好胜。

他后来在人民文学出版社当编辑，研究《红楼梦》。

听说，他在咸宁干校，有一天喝醉酒，掉到河里淹死了。

他没有留下什么著作。他把关于《红楼梦》的独创性的见解都随手记在一些香烟盒上。据说有人根据他在香烟盒子上写的一两句话写了很重要的论文。

故乡的元宵

汪曾祺

故乡的元宵是并不热闹的。

没有狮子、龙灯，没有高跷，没有跑旱船，没有"大头和尚戏柳翠"，没有花担子、茶担子。这些都在七月十五"迎会"——赛城隍时才有，元宵是没有的。很多地方兴"闹元宵"，我们那里的元宵却是静静的。

有几年，有送麒麟的。上午。三个乡下的汉子，一个举着麒麟，——一张长板凳，外面糊着纸扎的麒麟，一个敲小锣，一个打镲，咚咚当当敲一气，齐声唱一些吉利的歌。每一段开头都是"格炸炸"

格炸炸，格炸炸，

麒麟送子到你家……

我对这"格炸炸"印象很深。这是什么意思呢？这是状声词？状的什么声呢？送麒麟的没有表演，没有动作，曲调也很简单。送麒麟的来了，一点也不叫人兴奋，只听得一连串

夏天

汪曾祺

早晨

露水。

露水湿了草叶，湿了马齿苋。

一只螳螂在牵牛花上散步。精致的浅绿的薄纱的紧身轻装。

金针花开了。

真凉快。

井

凉意从井里丝丝地冒上来。

花

茉莉。素馨。珠兰。数珠兰清雅。

淡竹叶

淡竹叶略似竹叶，半藏在草丛中，不高，开淡淡的天蓝色的小如指甲的简单的花。

继母

汪曾祺

林则徐的女儿嫁沈葆桢，病笃，自知不治，写了一副对联送给沈葆桢和她的女儿：

我别良人去矣。大丈夫何患无妻。若他年重结丝罗，莫对生妻谈死妇。

汝从严父戒哉。小妮子终当有母。倘异日得蒙抚养，须知继母即亲娘。

（引自1933年11期《女声》杂志）

紫烟

这实际上是一篇遗嘱。病危之时，不以自己的生死为念，没有多少生离死别的悲悲切切，而是拳拳以丈夫和继室，女儿和后母的关系为念，真是难得。老是继室面前谈前妻，总是会使继室在感情上不舒服的。前娘的女儿对后娘总不会那么亲，久之，便会产生隔阂。使她放心不下的，唯此二事，所以言之谆谆。话说得既通达，又充满人情。这真是大家风范，不愧是林则徐的

我的世界

汪曾祺

外面的世界很精彩，我的世界很平常。

我的家乡是一个水乡，到处是河。可是我既不会游泳，也不会使船，走在乡下的架得很高的狭窄的木桥上，心里都很害怕。可以说，我是个没出息的人。高邮湖就在城西，抬脚就到，可是我竟然没有在湖上泛过一次舟。我不大爱动。华南人把到外面创一番事业，叫做"闯世界"，我不是个闯世界的人。我不能设计自己的命运，只能由着命运摆布。

从出生到初中毕业，我是在本城度过的。这一段生活已经写在《逝水》里。除了家、学校，我最熟悉的是由科甲巷至新巷口的一条叫做"东大街"的街。我熟悉沿街的店铺、作坊、摊子。到现在我还能清清楚楚地描绘出这些店铺、作坊、摊子的样子。我每天要去玩一会的地方是我祖父所开的"保全堂"药店。我认识不少药，会搓蜜丸，摊膏药。我熟悉中药的气味，熟悉由前面店堂到后面堆放草药

泼水节印象
——滇游新记

汪曾祺

作家访问团四月六日离京赴云南，是为了能赶上泼水节。

十一日到芒市。这是泼水节的前一天，这天干部带领群众上山採花。採的花名锡栗花，是一串一串繁密而细碎的白色的小花，略带点浅浅的灰绿。我们到时，全市已经用锡栗花装饰起来了。

泼水节由来的传说是大家都知道的：有一

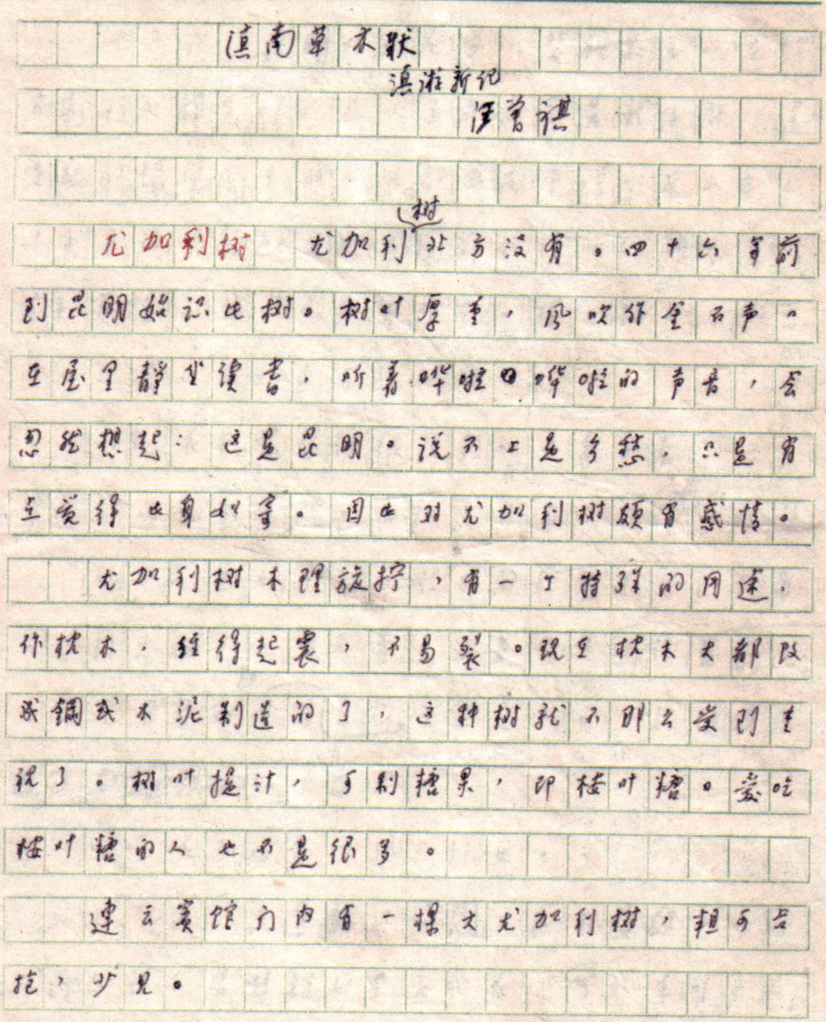

滇南草木状

滇游新记

汪曾祺

尤加利树　尤加利树北方没有。四十六年前到昆明始识此树。树叶厚重，风吹作金石声。在屋里静坐读书，听着哗啦哗啦的声音，会忽然想起：这是昆明。说不上是乡愁，只是有点觉得此身如寄。因此对尤加利树颇有感情。

尤加利树木理旋拧，有一个特殊的用途，作枕木，经得起震，不易裂。现在枕木大都改成钢或水泥制造的了，这种树就不那么受到重视了。树叶提汁，可制糖果，即桉叶糖。爱吃桉叶糖的人也不是很多。

莲云宾馆门内有一棵大尤加利树，粗可合抱，少见。

论精品意识

——与友人书

汪曾祺

"精品意识"是一个很好的提法。

写字作画，首先得有激情。要有情绪，为一人、一事、一朵花、一片色彩感动。有一种意向、一团兴致，勃勃然郁积于胸中，势欲喷吐而出。先有感情，后有物象。宋儒谓未有此事物，先有此事物之理，是有道理的。张大千以为气韵生动第一，其次才是章法结构，是有道理的。气韵是本体，章法结构是派生的。

作画写字当然要有理智，要练笔，要惨淡经营，有时要打草稿。曾见过齐白石画棉花草稿，用淡墨勾出棉花的枝叶，还注明花的朵瓣、叶的颜色。他有一张搔背图稿子，自己批注曰"手臂太长"。这可证明老人并不欺世，"作业"做得很认真。但是练笔起稿不是创作，只是创作的准备。创作时还是首先得"运气"。须得有"临场发挥"。郑板桥论画竹："胸中之竹已非园中之竹，纸上之竹又

三圣庵

汪曾祺

祖父带我到三圣庵去，去看一个老和尚指南。

很少人知道三圣庵。

三圣庵在大淖西边。这是一片很荒凉的地方，长了一些野树和稀稀拉拉的芦苇，有一条似有若无的小路。

三圣庵是一个小庵，几间矮矮的砖房，没有大殿，只有一个佛堂。也没有装金的佛像。供桌上有一尊不大的铜佛，一个青花香炉，清清爽爽，干干净净。

指南是个戒行严苦的高僧。他曾在香炉里烧掉两个食指，自号八指头陀。

他原来是善因寺的方丈。善因寺是全城最大的佛寺，殿宇庄严，佛像高大。善因寺有很多庄产。指南早就退居，——"退居"是佛教的说法，即离开方丈的位置，不再管事。接替他当善因寺的方丈的，是他的徒弟铁桥。指南

故乡的元宵

汪曾祺

故乡的元宵是并不热闹的。

没有狮子、龙灯，没有高跷，没有跑旱船，没有"大头和尚戏柳翠"，没有花担子、茶担子。这些都在七月十五"迎会"——赛城隍时才有，元宵是没有的。很多地方兴"闹元宵"，我们那里的元宵却是静静的。

有几年，有送麒麟的。上午。三个乡下的汉子，一个举着麒麟，——一张长板凳，外面糊着纸扎的麒麟，一个敲小锣，一个打镲，咚咚哐哐敲一气，齐声唱一些吉利的歌。曲调很简单。每一段开头都是"格炸炸"

格炸炸，格炸炸，

麒麟送子到你家……

我对这"格炸炸"印象很深。这是什么意思呢？这是状声词？状的什么声呢？送麒麟的没有表演，没有动作，曲调也很简单。送麒麟的来了，一点也不叫人兴奋，只听得一连串

古钟和古松

长安寺始建于明弘治十七年（1504），初名善应寺，清康熙十年（1671）年重修。清代曾任礼部尚书的龚鼎孳所撰碑文称长安寺"规模宏丽，表表杰出"。寺里有两件珍贵的文物：两棵白皮松，一口古铜钟。

白皮松是常绿乔木，叶三针一束，粗硬，摸起来扎手。特点是外面的树皮老后，即成片脱落，露出粉白内皮，颜色如新割的铅，故又称"铅松"。内皮有云斑，很美。北京有不少棵白皮松，但树龄比长安寺松更老的，似很少。这两棵白皮松是元代所植，至今已有六百年了。白皮松是中国特产，别的国家没有。

钟是明万历二十八年（1600）所铸的"御钟"，算来已有四百年了。"万历二十八年"是铸在钟体上的，不会有错。钟现在敲起来声音还很浑厚悠远，好像这四百年对它没有什么影响。

面对古钟、古松，会令人想起时间的流逝，生命的倏短，想起不朽，想起永恒。不同的游客会生出不同的感慨，但一般都不会无动于衷。